La Estrella de Sevilla

European Masterpieces
Cervantes & Co. Spanish Classics Nº 31

General Editor: Tom Lathrop

La Estrella de Sevilla

Edited and with Notes by

JOHN C. PARRACK

University of Central Arkansas

Table of Contents

Acknowledgments

I WISH TO EXPRESS my appreciation to the College of Liberal Arts and the University Research Council at the University of Central Arkansas for summer support and release time in the completion of this edition. I must also acknowledge my seminar students in the spring of 2005 who provided an authentic student perspective on the *comedia* and the language issues that they confronted. Their hard work will help future students appreciate this work. A special thank you also goes to Dr. Frederick de Armas, with whom I first discussed this play in 1996, for his willingness to read the introduction and write a foreword. I also want to express my gratitude to my wife and children who have patiently supported me as this project has slowly progressed. In the future, I hope that they will read it and glean some of the timeless lessons it has to offer. While every effort has been made to provide an accurate text and useful commentary, errors are sure to surface. For those, I take full responsibility.

Foreword

LA ESTRELLA DE SEVILLA is one of the more fascinating plays of Early Modern Spain. And yet, for a variety of reasons, it has never received the attention it deserves. I am thus delighted that John Parrack has undertaken to publish a new and meticulously prepared edition of this intriguing tragedy, with a comprehensive introduction that opens up the text to new interpretations while including the needed historical contexts. He carefully provides the reader the tools necessary to read the play. This edition is thus meant to support and guide us through this complex and puzzling work. Indeed, John Parrack rightfully foregrounds instability and inconsistency as one of the text's main characteristics. The reader will appreciate his clear and insightful discussion on such topics as anti-absolutism, honra vs. honor, love vs. loyalty, protagonism and character-ization, the myth of Sevilla, etc. This is a most attractive edition, inviting us as readers to partake of the riches of the work, to envision its theatrical productions, to ponder its possible meanings, and to meditate on its place in Early Modern culture.

John Parrack brings to light the many facets of *La Estrella de Sevilla* and the divergent critical views that seek to fill the gaps and explain its possible inconsistencies. The play's basic motifs immediately engage a reader/audience: love vs. honor, honor vs. friendship, the limits of power, star-crossed love, the education of the prince, the wisdom of madness, etc. At the same time, the action furthers the interest through unexpected peripeties, clever disguises, unexpected duels, mistaken identities, murder, attempted rape, treachery at the highest levels, evil counsel, unjust imprisonments, and Machiavellian machinations. The dramatic impetus that emerges from the clever utilization of all these themes and devices makes it a fast-paced and enticing work. The craft of the play points to a most knowledgeable playwright, one who established what was called the *comedia nueva*, enlivening a new popular theater in Spain. Is the text, then, by Lope de Vega, the most canonical of playwrights of the period? Or is it the work of Andrés de Claramonte, an actor who, being involved in the business of the stage, and having performed works by Lope is able to make good use of theatrical devices in this and many other *comedias*? If the work is by Claramonte, it would indeed be his masterpiece. A couple of his other plays may approach the intricacies of *La Estrella de Sevilla*. *Deste agua no bebere* can compete with *La Estrella* in its characterization of a conflicted king and its poignant examination of the misuse of power; while *El secreto en la mujer* uses the device of the letter and "occult" knowledge in as complex a manner as *La Estrella*. But these works never reach its masterful control of language, action and characterization that we have here. At any rate, John Parrack reminds us that *La Estrella* should, for now, remain as an anonymous text: "Although frustrating, the play's anonymity reminds modern readers of how contingent and unstable our understanding of Early Modern culture may be" (20).

This instability also extends to the tragic protagonist. The complexities and fluctuating motivations of the characters and their interactions makes it difficult to ascertain who the tragic protagonist of *La Estrella de Sevilla* may be. John Parrack clearly summarizes the debate: "Is it Estrella, the central female character for whom the comedia is named? Is it Sancho Ortiz, the tragic hero caught up in the King's plans? Is it King Sancho, the only character who is on stage in the opening and closing scenes? Is the city of Sevilla a collective protagonist that must unite itself to impose social order and educate an intemperate young king?" (33).

The play also beckons the readers with its many mysteries -- textual, authorial, linguistic, historical, political, and mythological. For centuries it has been recast for political purposes, while its complex astrological and mythological codes have puzzled, attracted, and repelled audiences. While for some, the myths provide a cogent basis for analysis, others see the mythical allusions as adornments that are often misplaced or simply mistaken. For example: Is the allusion to the golden apples at Colchis a mythological mistake (the golden apples were those of the Hesperides while the Golden Fleece abided at Colchis), or is it a learned allusion and a political statement? Astrological elements also lead to a de-familiariza-tion with modern audiences, while at the same time arousing curiosity. Are the seven women described at the beginning of the play representa-tions of the seven Ptolemaic planets? Why is the myth of the Gemini so important in this play? How is it related to solar eclipses and saturnine characters and events? Debates over authorship, dating, and language have further enhanced the play's allure, while at the same time marginalizing it as lacking *auctoritas*. Lexical inconsistencies, interpolations, borrowings, and the existence of two very different versions of the play foreground the treacherous instability of the work. It is a text that, if not immediately discarded, or if not viewed as contaminated by impertinent interpolations, becomes the subject of continuing interrogation, each reading leading to deeper levels of inquiry and investigation.

Among the many controversies that rage, a particularly tempting one has to do with the political allusiveness of *La Estrella de Sevilla*. Does the evil counselor in the work refer to the Conde-Duque de Olivares, minister to Philip IV? Is the murder of Busto in some way connected to the mysterious death of the Count of Villamediana in 1622? Or, is the play, as Melveena McKendrick asserts, simply turning to more general political questions, exposing reason of state as a convenient instrument of vice? Whatever the answer may be, we must look carefully for what Bances Candamo called the *decir sin decir* or what McKendrick calls diplomatic double-speech. Under the guise of praising the divine rule of kings (Sancho IV ironically asserts: "divina cosa es reinar"), what is the text hiding? The play's clever dialogues and abstruse allusions lead us to ponder the many possible meanings inscribed in the work.

Reading John Parrack's edition, I am reminded of our conversations regarding this play. John's edition, then, continues the conversation and opens the play up to new readers who will take up the many threads of this dialogic conundrum, of this theatrical tapestry, in order to wonder at the cultural riches and the alluring mysteries playfully woven with words of secrecy, destiny, power and seduction.

FREDERICK A. DE ARMAS
University of Chicago

Introduction to Students

THE OBJECTIVE OF THIS edition of *La Estrella de Sevilla* is to bridge the large gap between more theoretical Spanish editions whose audience is educated native speakers, graduate students, and academics, on the one hand, and editions, such as the *Diez comedias del Siglo de Oro* (dating from 1939), that do not provide sufficient contextualization to inform and guide the reading process. My goal is not to present absolute truths, since I have very few, but to present textual problems and to suggest lines of critical thinking and interpretation. Each reader draws on his or her own experiences and perceives the text differently. As reader response theory has suggested, the individual reader plays a central role in the reception of the text and the construction of meaning. Jean Howard makes this point in discussing the study of Shakespearean drama, "readers and audiences are not simply blank sheets upon which texts inscribe their meanings. As we read, we both discover and create" (144). For this reason, editors should be wary to not preclude or short circuit the reading process with reductive interpretations, but to support, inform, and guide it. Readers of all profiles and backgrounds participate in the discovery of meaning.

This edition seeks to support readers in the creation of a historical reading of the *comedia* while not losing sight of the fact that it is a dramatic text, designed to be performed in the *corral* before a live audience.[1] This is a significant point for two reasons. The first is that illiteracy was still very common in seventeenth-century Spain, a fact that highlights the primacy

---

[1] The *Diccionario* of the *Real Academia Española (DRAE)* defines the *comedia* as "en el teatro clásico español, pieza dramática cuyos rasgos esenciales fijó Lope de Vega" (I, 516). It does not imply that the play in question is humorous since *La Estrella de Sevilla* is a tragedy.

of public performance over private reading. The second point is that public performance and private reading are very different media through which to produce and engage culture. The interpretive role of the audience is greater in public performance because irony is not limited to the dramatic text itself but emerges from contrasts between the text and its performance (Soufas 231). While there are plays that may seem unimpressive to the reader but spring to life on the stage, the opposite is also true.

It is important to support a contextualized historical reading of the play because there are as many reactions to a literary work as there are readers who have read it. As Jeff Rider reminds us:

> A text ... always means more than its writer intended it to mean and be understood in ways which he or she never intended. It is in fact precisely because a text may be understood in various contexts and in ways that the writer did not intend that interpretation's primary task is the rediscovery of the text's original context.... (295)

A key aspect of constructing this historical reading is the recognition that the Early Modern literary text is not perfect. There may be variations between early versions just as there are often *lacunae,* or holes within the play itself.

THE AUTHORSHIP DEBATE

For nearly a century, scholars have openly questioned the authorship of *La Estrella de Sevilla* often relegating the play itself to secondary status. While it is true that hardly any other *comedia* produced in Early Modern Spain has suffered from greater doubts about its authorship, modern readers and critics may have to accept that the play, like the picaresque novel *Lazarillo de Tormes* (1554), is anonymous. This anonymity may have been accidental or intentional, but it should not preclude the study and enjoyment of the *comedia*.[2] Coromina highlights a cause for this anonymity by suggesting

---

[2] The obsessive need to identify the *comedia's* author is exemplified by Oleza's introduction in which he describes how the Compañía Nacional de Teatro Clásico engaged his services to prepare a version of the *comedia* for dramatic presentation and, significantly, "contestara a una cuestión que sigue inquietando cuando se trata de poner en escena la obra, la de si es o no de Lope de Vega" (42).

that the La Estrella's anonymity—like that of Lazarillo de Tormes—was a result of its sharp criticism of Early Modern Spain: "la publicación de un drama con semejante contenido sólo pudo haber sido posible si el autor permanecía en la oscuridad" (282).

Outside of foreshadowing the play itself, the question of authorship has contributed to La Estrella de Sevilla's unique position within the comedia tradition. Thanks to its inclusion in the Diez comedias, La Estrella is considered a canonical text in the United States. Elsewhere, however, the ambiguity surrounding authorship has tended to marginalize the comedia as if it could not be studied and appreciated without regard to the individual (or individuals) who created it (see de Armas "Mysteries"). In addition to its status as a literary "orphan," the belief that the play was composed by a second "writer notably less expert than the author of the remainder of the work," has tended to marginalize and delegitimize the entire comedia (Cabrera 11). James Parr aptly makes this point when he notes that "'bastard' texts tend to be devalued beside others whose paternity can be fixed with more certainty, specifically those claimed and published by the author in his lifetime or those for which autograph manuscripts exist" (37). This comedia, however, is unique in that the question of its authorship has not led to its marginalization—what Parr might call bastardization—but to its continued study and canonization.

LOPE DE VEGA
For most of the comedia's history since the seventeenth century, its author[3] was thought to be Lope de Vega—the most important Spanish dramatist because of his prolific production and his short treatise Arte nuevo de hacer comedias en nuestro tiempo (1609).[4] Significant Spanish literary critics such as Juan Eugenio Hartzenbusch (1806-1880), Marcelino Menéndez Pelayo (1856-1912) and Emilio Cotarelo y Mori (1857-1936) advanced this point of view during the nineteenth and early twentieth centuries based on their

---

[3] In the terminology of Early Modern Spain, the author who writes the play is either a poeta or dramaturgo. The term autor refers historically to the theatrical director who produces the play in a corral (or theater).

[4] While estimates of Lope de Vega's dramatic production vary from 331 to over 1500, McKendrick echoes Morley and Bruerton's estimate of around 800 (72).

reading of the short *suelta* edition of some 2500 verses. The attribution of authorship to Lope de Vega continued without question until 1920 when Raymond Foulché-Delbosc published a groundbreaking edition of the play based on a newly-discovered longer version of the *comedia* of some 3029 verses.[5] This edition has led to a complete re-examination of the play and has focused considerable attention on its attribution to Lope. One of the primary reasons is line 3026 in which the author "Lope" is replaced by "Cardenio." Sturgis Leavitt contributed to this debate and the *comedia*'s canonization with his book *The Estrella de Sevilla and Claramonte*, published in 1931. Nine years after Leavitt's study advanced the authorship of Andrés de Claramonte, Morley and Bruerton rejected Lope's authorship of the *comedia* in their *Cronología de las comedias de Lope de Vega* (483).[6] The result is a plethora of different theories advocated by critics, as summarized below.

Theories of Authorship	
Proposed Author	**Critic**
Claramonte	S. Leavitt (1931)
	A. Rodríguez López-Vásquez (1983,
	1991, 1996)
Lope de Vega	E. Hartzenbusch (1853)
	E. Cotarelo y Mori (1930)
(destroyed by Claramonte)	M. Menéndez Pelayo (1949)
(revised later by	C. Hernández Valcárcel (1996)
Claramonte)	
Ruiz de Alarcón	C.E. Aníbal (1934)
	R.L. Kennedy (1975)
Vélez de Guevara	J. Hill (1939)
Anonymous	J. García Varela (1991)
(revised later by Clara-	H. Sieber (1994)
monte)	J. Oleza (2001)

[5] Menéndez Pelayo refers to having handled a *desglosada* version of *La Estrella* (*Obras de Lope de Vega*, Vol. 4, p. 215), but it is impossible to know if this was the same version that Foulché-Delbosc believed that he had discovered.

[6] This book was originally published as *The Chronology of Lope de Vega´s comedias* by the Modern Language Association, 1940.

Apart from this self-referential allusion to authorship in the closing lines of the *comedia*, critics also point to its historiographical context, its content, and language (or poetic style) in arguing against Lope de Vega. First and foremost, Lope never claimed authorship of *La Estrella*, notwithstanding an extensive list of *comedias* published in both editions of *El peregrino en su patria* from 1604 and 1618 (See Villarejo).

The next field of inquiry centers on the language and versification of the *comedia*, both its quality and the tendencies towards different poetic meters. In terms of the language itself, *La Estrella* is characterized by the lack of *distinción*,[7] which is common to the Spanish of much of northern Spain and of Lope's dramatic *corpus* (Foulché-Delbosc 531-33). Extensive quantitative and qualitative studies of poetic meter also suggest an author other than Lope de Vega. *La Estrella de Sevilla* opens, for example, in *décimas*—a poetic meter with which Lope does not typically begin a *comedia* (Morley and Bruerton 465). By the same token, the extensive use of the meter *romance* (38%) is inconsistent with Lope and foreshadows the transition to Calderón de la Barca, as discussed below.[8]

In terms of its content and character, *La Estrella* reveals a thorough knowledge of the city of Sevilla suggestive of an author who may have lived there (Foulché-Delbosc 531-33). Other aspects of the *comedia* are also inconsistent with Lope's extensive *corpus* of dramatic work. For one, the *comedia*'s description of King Sancho as a "negra nube" (v. 572) conflicts with Lope's tendency to praise the monarchy and personal desire to gain acceptance and become a royal chronicler.[9] Lope, for his part, "contribuye

---

[7] This absence suggests an author whose speech may have been characterized by either *seseo* or *ceceo*, phenomena in which the pronunciation of the letters "z" and "c" before front vowels "e" and "i" is identical. Words such as "zapato" begin with [s] rather than [θ]. This characteristic is apparent in rhyming *empresa* and *alteza* (vv. 42-3, 950-1). This argument is open to debate since the Spanish sibilants were not stable in the early seventeenth century. The letter "s," for example, may have been pronounced [z] just as the letter "z" could have been [dz].

[8] The *romance* is a poetic meter based on the epic ballad tradition that contains eight syllables per line, and in which the even lines have assonant rhyme.

[9] See Leandro Rodríguez for a broader discussion of the monarchy in Lope de

más que ningún otro a inculcar, profundizar, mitificar y adoctrinar al pueblo con la obediencia al monarca" (Rodríguez 803). Perhaps not surprisingly, Lope's historical plays generally require a happy ending in which order is definitively restored, unlike that of *La Estrella de Sevilla* (Hernández Valcárcel 186). Finally, the use of the name Clarindo—Andrés de Claramonte's poetic pseudonym since before 1610—is unlikely, given that neither Lope nor Tirso uses this name for any character.[10]

ROLE OF ANDRÉS DE CLARAMONTE

As suggested previously, the attribution of the play to Andrés de Claramonte dates back to Leavitt's 1931 book. Leavitt picks up where Foulché-Delbosc left off in his edition, and compares *La Estrella de Sevilla* to other works by Claramonte and finds sufficient similarities to attribute the authorship to the *dramaturgo* from Murcia. Claramonte, for his part, was born in Murcia in 1580 and died in the year 1626 in Madrid. Compared with other Early Modern Spanish playwrights, we know relatively little about the life of Claramonte. He was a theater director early in the seventeenth century and lived in Sevilla from 1610-1614 and later in Madrid from 1614-1616. He is believed to be the author of perhaps twenty *comedias* including *El ataúd para el vivo y el tálamo para el muerto, La católica princesa, De Alcalá a Madrid, De lo vivo a lo pintado, Deste agua no beberé, El gran rey de los desiertos, San Onofre, La infelice Dorotea, El nuevo rey Gallinato, El valiente negro en Flandes* and *Ventura por desgracia o el horno de Constantinopla*. Claramonte has received less attention than other Early Modern playwrights due to both his smaller production of plays and his poor

---

Vega. As de Armas suggests, the king at the time of the *comedia*'s composition—Phillip IV—is described metaphorically as the sun not a dark cloud ("Hercules," 122). This critique, however, is characteristic of Claramonte (Rodríguez López-Vázquez "La Estrella" (1983), 18).

[10] We should note that Clarindo appears in all three *jornadas* and is himself a poet. Rodríguez López-Vázquez also points out a possible parallel within the play. The name Natilde is the poetic pseudonym of Claramonte's wife, Beatriz de Castro, suggesting his authorship ("La Estrella" (1983), 14). See Morley and Tyler and Fernández-Marcané for a complete discussion of Lope's and Tirso's use of proper names.

reputation as a poet.[11] There are, for example, irregularities in terms of rhyme scheme that are almost unimaginable in plays by Lope de Vega (Rodríguez López-Vázquez *Estrella*, 43). Historically, critics have viewed Claramonte as a rather poor *refundidor*—someone who revises and expands a literary work—rather than the writer of original *comedias*. Beginning in the early 1980s, Alfredo Rodríguez López-Vásquez began an extensive rehabilitation of Andrés de Claramonte in which he has published numerous articles that analyze his use of meter and classical references in order to advocate his authorship of *La Estrella*.[12] Most recently, Joan Oleza has nuanced the debate further by suggesting that the original playwright is unknown but that Claramonte was a *refundidor* who gave new form to the *suelta* version and expanded it from 2503 to 3029 verses (68).

CONTINGENCY OF EARLY MODERN CULTURE

Since any attribution of *La Estrella de Sevilla*'s authorship remains conjectural, we suggest the most conservative approach: the *comedia* is anonymous until such time as there is a consensus among scholars regarding its author (or authors). For this reason, it is often useful to put the question of authorship in perspective so as to focus on the *comedia's* language and imagery or representation of honor and justice. The play, after all, is the thing (to paraphrase Shakespeare). As Parr insightfully observes:

> [A]ttribution, in this instance, seems a facile and unnecessary resolution to a much more intriguing anonymity. It may be better to allow this work to stand entirely on its own, as it has done very well until

---

[11] As Oleza puts it, "parece como si le fuera imposible sostener todo un drama" (62).

[12] On the subject of Claramonte's authorship, Rodríguez López-Vásquez has published: "*La Estrella de Sevilla* y Claramente," in *Criticón*, 21(1983), "La autoría de *El Burlador de Sevilla*: Andrés de Claramente," in *Castilla*, 5(1983), "Andrés de Claramente y la autoría de *El condenado por desconfiado*," in *Cauce: Revista de Filología*, 6(1983), and "The Analysis of Authorship: A Methodology," in *Heavenly Bodies: The Realms of La Estrella de Sevilla* (1996).

now. Attribution to either a major or a minor dramatist will neither enhance nor diminish its intrinsic merit. (37)

The play is a classic because of the enduring treatment of such central dramatic themes as love, honor, and obedience to one's noble master and their impact on readers and theater audiences. The author is dead, but the playtext remains in two different versions. Although frustrating, the play's anonymity reminds modern readers of how contingent and unstable our understanding of Early Modern culture may be. The concept of a singular author is insufficient precisely because "many hands and alterations have intervened in the current state of the text" (Hernández Valcárcel 181). Important facts about a literary work may remain unknown for centuries just as long-accepted beliefs may be radically altered by compelling new archival evidence. The debate over *La Estrella*'s authorship is just one example of this contingency.

A second example centers on the problem of the text itself. *La Estrella de Sevilla* circulated for nearly three centuries in the *suelta* edition of around 2500 verses. In the nineteenth and early twentieth centuries, critics hypothesized that numerous passages in the play were in fact interpolations—passages that were inserted or introduced into the text after its original point of literary composition.[13] With the discovery and publication of the longer *desglosada* edition by Foulché-Delbosc in 1920, the play grew by almost five hundred verses. It is certainly possible that future discoveries will alter the text of the play itself, identify the author (or authors), or nuance our understanding of its possible meanings.

TEXTUAL PROBLEMS
Unlike most modern works of literature, *La Estrella* circulated in (at least) two very different versions during the seventeenth century: the short *suelta* and the long *desglosada*. The play is fundamentally the same but the *desglosada* expands the role of the *gracioso* Clarindo and uses more traditional oral language than the *suelta*. Much like the debate over the

---

[13] Philip Smyth provides a useful overview to the trajectory of these interpolations.

play's author, different theories of composition and dating have developed. Rodríguez López-Vásquez posits that the original manuscript of the play probably dates from around 1617, with an expanded version in 1623-4, and finally the *desglosada* edition in 1633. The absence of two folios from the *desglosada* further compounds the problem of the text itself by limiting us to only the *suelta* for this extended section of the *comedia* (See de Armas "Mysteries," 26). The following table presents a series of the most significant contrasts between the short and long versions of the play.[14]

Comparison of the two versions of *La Estrella de Sevilla*		
Nomenclature of textual editions	*suelta* edition, also known as the short version	*desglosada* edition, also known as the long version (dating from 1633)
Trajectory	circulated in seventeenth-century manuscripts and a print edition in which it is attributed to Lope de Vega, c. 1645	"discovered" and published in 1920 by Raymond Foulché-Delbosc
Possible author(s)	Anonymous Claramonte (RLV)	Andrés de Claramonte theater company
Dating of the versions:	Rodríguez López-Vásquez 1617	Rodríguez López-Vásquez 1622-24
	Aníbal, Cotarelo, de Armas, Kennedy, Leavitt 1622-24	
Length of play	2503 lines	3029 lines
Act I	764	916
Act II	867	1070
Act III	872	1043
size of Clarindo's role	123 lines	203 lines

[14] For a more indepth discussion of poetic verse schemes and authorship, see Rodríguez López-Vásquez (1984) and Oleza (2001).

Poetic Scheme: redondilla	*suelta* 27%	*desglosada* 24%	Lope de Vega (1609-1618) 46%
romance	37%	38%	27%
quintilla	12%	12%	7%
décima	17%	17%	3%
octava		2%	

Like many Early Modern Spanish texts, *La Estrella de Sevilla* does not have either a single author—real or implied—or a single moment of composition. It is an unstable and contingent text about which many fundamental questions remain. To put it metaphorically, to study *La Estrella* is to study a geological construct defined by its layers and its holes—or *lacunae* (Oleza 63). Instead of conjecturing as to the possible content of missing verses, this version of the play seeks to share these ambiguities, allowing the reader to construct meaning by working around and through these gaps in the text. Lexical variations are preserved even though they reveal a lack of stylistic or lexical consistency within the *desglosada* edition. Several examples of this include the use of both "así" (v. 45) and "ansí" (v. 86), and "esta" (v. 193) and "aquesta" (v. 1091). This inconsistency has been viewed by many critics as evidence of a second author who altered the "original" version of the play by adding material.

INTERPOLATIONS AND INTERTEXTUALITY
One important aspect of this textuality centers on the possible existence of interpolations and borrowings from other *comedias* or works of literature. As a reader gains more experience with Medieval and Early Modern texts, it becomes clear that the notion of originality had to coexist with that of imitation.[15] Motifs, metaphors, turns of phrase were routinely adopted from one work and incorporated by a different writer into another. Writers did not have the same protections of copyright as understood today. As a result, other writers often took advantage of the popularity of a text by writing a continuation. In the cases of *Guzmán de Alfarache* and *Don Quijote*,

---

[15] Pigman (1980) provides an excellent introduction to the role of *imitatio* in Early Modern European culture.

these continuations by a second writer had to compete with the original and were even incorporated into the continuations composed by the original writer: Mateo Alemán (1547-1615?) and Miguel de Cervantes (1547-1616). The issue of emendations to an anonymous text such as *La Estrella de Sevilla* (or *Lazarillo de Tormes*, to name another notable example) is different and more complicated in that we do not know the identity of the author or which, if any, version of the *comedia* he may have validated.

Over the years, critics have debated which version of the *comedia* is the last version that the author expanded, altered or corrected. The goal has been to eliminate all subsequent emendations by other playwrights. When Hartzenbusch and Menéndez Pelayo asserted the presence of interpolations in *La Estrella*, they naturally referred to the only version of the play known to them—the short *suelta* edition. However, after the 1920 publication of the longer *desglosada* edition by Foulché-Delbosc, we may now consider the *suelta* to be incomplete, partial, or fragmented. Consequently, it is not surprising that Hartzenbusch found "varios pasajes, mutilados oprobiosamente: supresiones o añadiduras mal hechas" (viii).[16] Other theories do, in fact, abound. In his 1920 publication of the *desglosada* edition, Foulché-Delbosc argues that the play is the work of only one author and dismisses the existing theory of textual interpolations supported by Hartzenbusch and Menéndez Pelayo. While admitting that some scenes are clear digressions from the action, he asserts that it is "exempt d´interpolations et de retouches" (520) ["free from interpolations and alterations" (my translation)]. Cabrera, for his part, examines the prevalence of antistrophic accents—in which a stress falls "upon the syllable immediately previous to the last prosodic accent of the line" (11)—as support for the interpolation theory. He concludes that the presence of these defects reveals passages that are "less skillfully versified than those...deemed worthy of Lope" (14). True or not, the argument in favor of interpolations proceeds from the unfounded and questionable assumption that great writers always write well or make emendations that

---

[16] Cabrera provides a good overview of the debate on textual interpolations in *La Estrella*.

improve the text. On the contrary, it is reasonable to assume that some parts of a play are better written than others, just as some works by an author are "masterpieces" and others are not.[17]

Like most, if not all, Early Modern culture, *La Estrella* forges connections with many other literary works. These connections, what we might term intertextuality, are sometimes viewed by modern critics as plagiarism rather than the historically accepted practice of *imitatio* (imitation). It is this common practice, combined with Menéndez Pelayo's disparaging evaluation of Claramonte, that has contributed to his reputation as an "uneven" playwright (Ganelin 51). The *comedia* shares material and motifs found elsewhere—particularly in Lope de Vega—in order to construct this dramatic text. McKendrick cites connections to *Las almenas de toro*, *Del rey abajo ninguno*, *Peribáñez*, and *Fuenteovejuna* (McKendrick 99-101, 173-5) while Rodríguez López-Vázquez compares *La Estrella* to Lope's *La niña de plata* (*Estrella* 15-7). As he observes, these two *comedias* share an identical plot scheme in the first act although there are also numerous differences. In *La niña de plata*, there are two parallel love plots (rather than one in *La Estrella*) and the King guarantees order (rather than being responsible for breaking it). It is important to remind ourselves that this *imitatio* does not help resolve the question of authorship. Rather, it merely attests to the fact that the author of *La Estrella* may have studied *La niña* carefully and appropriated certain motifs for his *comedia*. Likewise, critics have similarly found that Claramonte's *Deste agua no beberé* shares many of these same motifs: ideological point of view, the cruelty of the king, etc. (Rodríguez López-Vázquez *Estrella*, 15-17). This "recycling" of material is emblematic of the creative process in Early Modern Spain. Writers appropriated (or stole) elements that were effective in other works but provided their own unique twist.

CONFLICTS/THEMES

Like most *comedias de capa y espada* (cape and sword plays), *La Estrella de*

---

[17] Henry James exemplifies this point. Many years after publishing his works, he extensively revised them for a definitive edition that has been deemed by critics, in many cases, to be inferior to the original published texts.

Sevilla presents many often overlapping themes. Some of the most important dichotomies are:

> CONFLICT: love vs. honor; familial duty vs. personal gain
> FAITHFULNESS: to the king, to friendship, to one's word
> LOVE: Estrella and Sancho Ortiz, Busto and Sancho Ortiz

The originality of *La Estrella*, therefore, does not center on plot but rather the *comedia's* ending, its development of juridical discourse, and its versification. Although it is essentially a moral tragedy, *La Estrella's* ending imparts neither the death of Sancho Ortiz and Estrella nor their marriage. Together, the two former lovers choose to reject the marriage that they had both anticipated and go their separate ways. In contrast with other similar *comedias*, *La Estrella* expands and develops the treatment of juridical issues. Sevillian honor triumphs over and educates an impudent new king who has violated the social contract that maintains order. The *comedia* also contributes to the *romancista* revolution that saw an increase in the usage of the *romance* as a form of versification. This development anticipates the arrival of Calderón who also uses a much higher percentage of *romance* than Lope de Vega. The following sections explore the most significant themes or motifs in the *comedia*.

ANTI-ABSOLUTISM AND HISTORICAL CONTEXT

In its themes, the play emerges from a society in which the role of the king and the relationship between the ethical and the political is a significant question for the Early Modern subject. In contrast to Machivelli's *The Prince*, this comedia represents a pointed critique of the despotism of the absolutist monarchy.[18] It privileges the ethical over the political while *The Prince* promotes the exact opposite. In the context of the existing *comedia* tradition, *La Estrella de Sevilla* inverts the conflict presented in *Fuenteove-juna*, where the injustices of the medieval order are defeated by the Catholic Kings—the monarchs who symbolize the modern state. In *La*

---

[18] McKendrick ("In the Wake…") develops the philosophical context in which *La Estrella* appears.

Estrella, King Sancho IV is a king without controls. When he arrives in Sevilla, he disrupts the feudal system of social order. He perceives only the benefits of his position as king and none of its obligations. As he tells his _privado_ Arias, "Divina cosa es reinar" (v. 929). This statement is polysemous (possessing more than one meaning) in that it alludes to the monarchy's possible function as earthly reflection of the heavenly order and, secondly, to how his position as king enables him to fulfill his most self-serving needs. This statement contributes to the ever-present tension that exists between the king's reputed divine right and his "erring humanity" (Casa 64).[19] Indeed, instead of curbing the king, Arias only facilitates and promotes the monarch's misdeeds by advising him on the dishonor of Estrella, the murder of Busto, and the bribery of the Tabera family slave Natilde. In sum, he violates both divine law and the concept of _honor_ that maintain social and political order in Sevilla.

The king engages in dishonorable conduct in both public and private, revealing that for him honor is only a mask dependent on his birth. His public conflict with the _regidores_ of Sevilla is social, while his private encounter with Busto and Sancho Ortiz is personal (Bridges 107). Combined with his lust for Estrella, these examples of kingly misconduct are the source of the dramatic tension and action. In other words, without the King's misconduct, there would be no tragedy.

The King's primary role in motivating the tragedy of _La Estrella_ is particularly apparent in his private behavior. He is selfish and fails to fulfill the societal expectations of a monarch by showing an absolute disregard for the love and harmony that bind the triangle of Estrella, Busto, and Sancho Ortiz—the three effected by the code of honor. As Grace Burton notes, "the king relies on the written word to conduct affairs of state" (55), a _modus operandi_ that reveals the very limited value of his spoken word. In the process, the written word devalues the concept of honor. The physical act of writing is emblematic of dishonorable conduct

---

[19] In _"La Estrella de Sevilla_, Reinterpreted," Kennedy points out that the concept of the divine right of kings did not enjoy unequivocal acceptance by political philosophers in the sixteenth and seventeenth centuries (386).

and marks treachery within the *comedia* (Bergmann "Acts," 227).[20] On each occasion that the King (or Arias, acting on his behalf) interacts with these characters, his behavior is malicious and dishonest. This representation of the king is noteworthy because it inverts the monarch's common role as the source of honor and order in the Early Modern Spanish *comedia* (Oriel "Shame," 254). Here in *La Estrella*, it is King Sancho's arrival in Sevilla that causes dishonor and spreads disorder. Order is only restored because of Sancho Ortiz and the Sevillian nobility.

Many critics have noted possible parallels between Sancho IV (and his *privado* Arias) and Philip IV (and the Count Duke of Olivares). Both Sancho and Philip are the fourth king of that name and both make significant trips to Sevilla early in their reign.

King	Sancho IV	Philip IV
Life	1258-1295	1605-1665
Reign	1284-1295	1621-1665
Trip to Sevilla	1284 (age 26)	1624 (age 19)
Mysterious Murder	Busto Tabera	Conde de Villamediana

For these parallels to be valid, we must surmise a later date of composition than 1617, proposed by Rodríguez López-Vásquez, since Philip IV would not yet have become king. As de Armas notes, the last names Tabera, Guzmán and Ribera in the *La Estrella* also have historical currency as there was the suggestion that King Philip IV had an affair with a Francisca de Tabara, and that Guzmán and Ribera are the names of Olivares's parents (de Armas "Hércules," 119-120). *La Estrella* indirectly attacks Philip IV and Olivares by underlining the similarities between the two kings—Sancho IV and Philip IV—and the *privados*—Arias and Olivares—on whom they relied so extensively (Sieber 135). Like don Arias, the Count Duke of Olivares also enabled the king's dishonorable conduct with women (Elliott 112, Sieber 136). It is likely that this critique or

---

[20] This shift in the concept of honor from the traditional code to mercantile exchanges is reinforced by another important change in Early Modern Europe: the transition from oral to print culture (See Bergmann "Reading," 276).

warning was so clear that the *comedia* was not performed and became marginalized during the reign of Philip IV (de Armas "Mysteries," 16-21).

Only together do Sancho Ortiz and the legal structures in the city of Sevilla hold the king to account. The basis for power modeled in the *comedia* is not the king but the city itself (González Marcos 17). As Busto suggests early in the first *jornada*: "Divinas y humanas leyes / dan potestad a los reyes" (vv. 298-9). We should take care, however, to not conflate this critique of absolutism with the subversion or rejection of the monarchy.[21] The *comedia*, as literary phenomenon, typically affirms the existing social order even as it seeks to improve its function by questioning the monarch and the nature of honor. *La Estrella* offers a critique of the king as a man but not as an institution. What is at stake is not the monarchy itself but the need to hold the king accountable for his behavior (Sieber 141). This critique acknowledges that the king is young and new to the throne (Castillo 68-72). In contrast to those critics who view the *comedia* as subversive, Castillo suggests that the lesson is to be patient with the new king: "callar y tener paciencia" as Busto tells Sancho Ortiz (v. 662). Harlan Sturm also advocates this point of view, suggesting that *La Estrella* may be read as a handbook for the monarchy ("Historical," 92-101). Like his real life counterpart, Philip IV, Sancho IV needs to mature and be educated in order to become a good king (Sieber 142). The *comedia* offers just this challenge.

In point of fact, Sancho IV follows the biblical model of King David who sins and then repents of it. Like David, who rid himself of Uriah by sending him to the battlefront in order to possess Uriah´s wife, Bathsheba, Sancho tries to send Busto to the front, as the General of Archidona, in order to dishonor his sister Estrella. In the end, Sancho does confess and repent of his misdeeds: "Sevilla, matadme a mí, que fui causa de esta muerte" (vv. 2968-70). The *comedia* does not consider, however, whether he can remain faithful to his duties in the future.

---

[21] Both Máximo González-Marcos and Susan Fischer offer a different interpretation, viewing the play as "a subversive work" when read against the historical backdrop of the reigns of Philip III and IV (Fischer 93).

"HONRA" AND "HONOR"

As the terms *honra* and *honor* are both commonly used in Early Modern Spanish literature, readers may seek to distinguish between them or to reduce them to a single concept, as in English: honor. In the seventeenth century, they were, in fact, synonyms. Sebastián de Covarrubias makes this abundantly clear in his *Tesoro de la lengua* (1611), defining *honor* as "lo mesmo que honra" (644). It is important to understand, however, that critics in the nineteenth and twentieth centuries have often sought to forge a distinction even though it did not exist. They assert that *honor* is the often private self-respect that someone earns based on virtuous behavior, while *honra* is the public and social aspect of this esteem.[22] In *La Estrella de Sevilla*, like so many other *comedias*, there is a conflict between the two visions of the concept, whether called *honor* or *honra*.[23] When the king seeks to bribe Busto in order to satisfy his sexual desires for Estrella in the first *jornada*, he is offering Busto greater social standing and favor in exchange for his expected protection of his sister. As Arias tells the King: "A su hermano honrar podrás, que los más fuertes honores baten tiros de favores" (vv. 195-7). For Busto, and the Sevillian nobility, however, honor cannot be bought or separated from the city's system of justice, as seen by the *alcaldes'* failure to follow the King's advice in the third *jornada*. Throughout the *comedia*, the king destroys both aspects of this concept—the private moral virtue and ultimately the public opinion associated with it—because he behaves badly and ignores the repercussions of his behavior. There are, however, more private results as well. The madness of Sancho Ortiz, for example, is predicated on the impossible situation in which he finds himself, torn by the conflict between the King's putative divine right and dishonorable behavior.[24]

Perhaps ironically, *honor/honra* in this *comedia* is marked by silences rather than speech acts. When a character speaks, or signs a document, that act betrays his selfish motives (Bergmann "Reading," 284). It is for this

---

[22] Chauchadis provides a thorough investigation of this question and demonstrates their equivalency in seventeenth-century Spain.

[23] Brooks considers the conflict between "honor" and "honra" in *La Estrella*.

[24] Heiple provides an extensive discussion of Sancho Ortiz's madness.

reason that Estrella's voice is rarely heard. She does not reveal her feelings until the third *jornada* and responds to Arias's dishonorable proposition on behalf of the king by turning her back (v. 811-12). Likewise, writing undermines the honor system, and destroys the triangle of Busto, Estrella, and Sancho Ortiz, because it suggests that one's word—an oral speech act—lacks validity. When Sancho is confronted with his killing of Busto in the third *jornada*, he preserves his own honor through his silence, a silence that forces the King to abandon his own self-gratification and to accept his responsibility in causing the play's tragic events.

For their part, King Sancho and Arias seek to assess the monetary value of honor and loyalty with Busto, Natilde, and Estrella herself. Such a valuation is, of course, impossible, since the honor of the Sevillian nobility is not for sale at any price. The presence of such divergent views of *honor/honra* underscores the degree to which the concept was ambiguous and varied based on geography and social class.[25]

TRAGEDY: LOVE VS. LOYALTY

Notwithstanding the occasional lack of poetic artistry, the play continues to be compelling because its tragedy is predicated on the conflict between universal political themes, on the one hand, and small private ones, on the other. Like many Early Modern literary works, the *comedia* presents a conflict in which the characters must decide between privileging the large interests of the *sociedad estamental* (to use Maravall's term) and their smaller individual ones. In *La Estrella de Sevilla*, Sancho Ortiz must confront and resolve the conflict between his love for Estrella (and her brother, Busto) and his duty to be loyal to the king. Sancho ultimately decides to satisfy his "social obligations" and sacrifice his individual happiness (Burton 56). The incompatibility of love and loyalty contributes to his insanity in the third *jornada*.

Much like Shakespeare's Hamlet, Sancho Ortiz's temporary insanity

---

[25] The representation of the attack on honor can be traced back at least to the publication of *La Celestina* (1499). The use in verse 1807 of both "honra" (*desglosada*) and "honor" (*suelta*) underscore this ambiguity. In verse 2642, the *suelta* reads "honor" even as most critics render it "honra" because of the meter.

is central to his development as a tragic character. As the play's protagonist, he bears the burden of madness due to the disintegration of the cultural conventions surrounding honor. Because of King Sancho's actions, Sancho Ortiz is forced to confront a moral dilemma and to be unjustly imprisoned. The king not only fails to inquire about Estrella's existing plans for marriage but actively works to dishonor her and have Busto killed. As with Hamlet, Sancho's suffering marks his heroic condition. The presence of the *gracioso* Clarindo provides a comic foil to Sancho's mental breakdown even as this scene's authenticity has been the subject of much critical debate.

THE CITY OF SEVILLA IN THE *COMEDIA* TRADITION

While it has a historical basis, the portrayal of Sevilla in *La Estrella de Sevilla* contributes to the city's literary representation as mythologized in plays such as *El burlador de Sevilla* and Lope de Vega's *El Arenal de Sevilla*. This myth is founded on the city's Roman origins and its political importance in Medieval Iberia (Otero-Torres 51, Sturm "Historical," 94-97). Sevilla is viewed not historically, but dramatically as a "comunidad política imaginada" (Otero-Torres 45), in which justice and personal honor are valued. This representation is grounded in the city's unique status as the cultural crossroads between Europe and the Americas.

At times, this mythological space is symbolized by Estrella herself. She is the king's private human target just as the city of Sevilla itself is the political and public target. In Sevilla, the foundation of honor is not simply birth but personal accomplishment. As a result, when King Sancho attempts to favor Busto, he is very suspicious. While Sevilla represents the waning medieval order and models traditional concepts of personal honor; Castilla symbolizes the new "order" in which legal contracts and money purchase temporary loyalty. There is a tone of nostalgia for the "golden age" of individual honor and other traditional cultural values. With the exception of Natilde, Sevilla is a city whose residents cannot be bribed or coerced. They always fulfill their duty. Although Sancho Ortiz is the true hero of the *comedia*, the lower nobility of Sevilla, much like Lope de Vega's *Fuenteovejuna*, become a collective protagonist (Otero-Torres 50, 57;

Kennedy "Reinterpreted," 389).[26] When King Sancho IV offends Estrella, he has offended the feudal order in the city of Sevilla.

The king's abuse of Sevilla, however, is two-fold. Sancho not only dishonors Estrella, Busto, Sancho Ortiz, and the city's *alcaldes* but, like Philip IV, he also seeks revenue from taxation of the city. Pedro de Guzmán warns the king early in the first *jornada* that *Sevilla* offers its loyalty and wealth "con condición que no sea en daño de tu ciudad" (vv. 29-30). The warnings that King Sancho receives are significant because they foreshadow the juxtaposition of Sevilla—where the king is an outsider—and the kingdom of Castilla—where he is king. Sevilla and Castilla serve as emblems of different views of the world. Sevilla symbolizes the medieval order and values local feudal rights and personal virtue, while Castilla represents the new national order and favors hereditary rights. As Otero-Torres suggests (55-58), we may posit the following points of contrast.

SEVILLA	CASTILLA
feudal order	modern order
local	national
nobility of personal virtue	hereditary nobility
oral agreements	written contracts
moral order	individual advantage
friendship, loyalty	corruption

THE TRANSITION TO THE EARLY MODERN PERIOD

In Early Modern Spain, people "were living a crisis of categories that was destabilizing all segments of society" (Dunn 128). Like so many Early Modern texts, *La Estrella* models the degree to which the compartmentalization of the medieval world has decayed. In the modern world, the political, the private, and the moral spheres are no longer isolated and independent but intrinsically connected. When they collide and conflict in

---

[26] Both Jesús García-Varela and Frank Casa offer another interpretation, arguing that the real protagonist is King Sancho IV ("La destrucción," 449-53; "Centrality," 64-75).

La Estrella de Sevilla, tragedy results (Castillo 71). In this *comedia*, we see this destabilization in the opposition of Sevilla—representing traditional feudal values—and Castilla—representing the nascent modern order. Viewed more generally, *La Estrella* models the breakdown in three central components of Spanish national identity: God, honor, and the monarchy (Coromina 296). The slow erosion of these societal norms creates ambiguity, confusion, and conflict between and within the social classes, the different regions of Spain, etc. As we have seen, the conception of honor is perhaps the most significant example of this transition.

For the King and Arias, there is a price for everything that they want to purchase. In this new world of mercantilism, it is not bribery but negotiation. They gain the cooperation of Natilde in exchange for her freedom from slavery only after Busto refuses to abandon his domestic responsibilities in exchange for the title General of Archidona. The offer of a written document, or *cédula*, to Natilde marks the decline of the feudal system of honor and the emergence of mercantilism (Castillo 65). The King is the only character that fully embraces and advances the modern concept of individual liberty as he tramples on the honor and rights of Sevilla's citizenry.

In contrast to many *comedias*, these conflicts do not clearly lead to the traditional restoration of order through the marriage of the protagonists. When Sancho confronts the king and alludes to the destroyed paper at the end of the third *jornada*, he seeks to restore order and the honor system. By embarrassing the king, Sancho forces him to honor his *spoken* word and take responsibility for the tragic events that have occurred (Bergmann "Acts," 229). This scene supports the view that the *comedia* does not subvert the monarchy but advocates patience, i.e. "callar y tener paciencia" (v. 662). The public must wait to see if the young king rises to the occasion, recognizing his role in promoting "the stability of language and meaning" (de Armas "Black Sun," 25). In the *desenlace* (or ending), Estrella and Sancho force the King to agree to fulfill his promises to them even as they reject the very marriage that he has offered to them. As the *comedia* closes, King Sancho plans to arrange a new marriage for Estrella.

ASTRONOMICAL IMAGERY

Beginning with the obvious name of Estrella, often complex astronomical imagery is a common motif that functions as metaphor. Even after Copernicus (1473-1543) revolutionized our understanding of the stars, the literary cosmology continued to privilege the Ptolemaic universe in which the Earth is at the center rather than the sun.

Esta estrella favorable
a pesar del sol verás. (vv. 193-4)

For Sancho IV, his status as the fourth king of that name places him in the fourth Ptolemaic sphere, belonging to the sun (de Armas "Splitting," 19). He reveals himself as a Zeus figure that destroys the social order in Sevilla. But King Sancho is not the only sun figure in *La Estrella*. Early in the the first *jornada*, Arias speaks of Busto Tabera as a sun that blocks the King's view of the star—his sister, Estrella.

King Sancho, not surprisingly, must overcome this obstacle to his position as the sun-figure and celestial companion to Estrella. As numerous critics have insightfully argued, astronomy is a key discourse throughout the *comedia*.[27]

DRAMATIS PERSONÆ
La Estrella de Sevilla is a balanced and complex *comedia* in the area of character development. Different readers, for example, might promote very divergent views of the *comedia*'s protagonist. Is it Estrella, the central female character for whom the *comedia* is named? Is it Sancho Ortiz, the tragic hero caught up in the King's plans? Is it King Sancho, the only character who is on stage in the opening and closing scenes? Is the city of Sevilla a collective protagonist that must unite itself to impose social order and educate an intemperate young king? What follows is an overview of the *comedia*'s primary characters. A complete list of speaking characters — in order of appearance — appears on the first page of the *comedia*.

KING SANCHO IV — the source of the tragedy, he must resolve the conflict between the ethical/honorable and the political/dishonorable. Sancho IV (1258-1295) was the second son of Alfonso X (1221-1284), also known as "El Sabio" (The Learned); he rebelled against his father's wishes, leading to a civil war. Nevertheless, Sancho IV continued the Reconquest and established his court in Sevilla (as shown in this play). Like his father, Sancho IV found the life of the mind compelling. In the play, however, the king is a young, fickle, cynical, and ironic figure, whose obsession with Estrella reveals his cowardice and desire for revenge against Busto after their confrontation at the Tabera house. In suggesting that King Sancho is "el pecado hecho hombre," Coromina observes that he commits six of the seven deadly sins: pride, envy, lust, anger, greed, and sloth (301-303). The only sin he does not commit is gluttony.

ARIAS — the king's *privado*, or chief advisor. He contributes to and enables the king's bad behavior by serving as an emissary to Estrella and later, Natilde. In the third *jornada*, however, he does council the king to fulfill his royal duty and take responsibility for the tragic events that have occurred.

---

[27] For a thorough discussion of astronomy in the *comedia*, see the articles by de Armas, Mandrell, and Harlan and Sara Sturm.

ESTRELLA TABERA—the woman whose beauty captivates King Sancho on his entrance to Sevilla. Along with her brother, Busto, and her future husband, Sancho Ortiz, Estrella is one of the three members of the triangle of harmony and love destroyed by the king. Her presence as object, not subject, is at the "center" of the *comedia* and leads to the dramatic conflict. She is an often absent figure who does not herself appear on stage until halfway through the first *jornada*. As a speaking character, her role is small. Her existence and identity are dependent on her connection to a male character, whether her brother, the King, or her future husband. Her unwillingness to marry Sancho Ortiz contributes to the unexpected ending of the *comedia*. Her importance and modernity become much more apparent as the *comedia* closes. The events that have unfolded have forced her to decide between love for Sancho Ortiz and the desire for vengeance against him.

BUSTO TABERA—the "victim," brother to Estrella and friend to Sancho Ortiz who will later kill him on orders from the King. Busto is more suspicious of the King than he communicates to Sancho Ortiz. He is not entirely innocent, however. When initially presented with the King's plan to arrange a wedding for Estrella, Busto fails to inform the King of Estrella's betrothal to Sancho Ortiz, an announcement that might have precluded the series of tragic events to follow.[28] More significantly, it is Busto's frequent absence from his home in pursuit of his own carnal pleasures that sets the *comedia*'s tragic events in motion. His pursuit of the "dulce filosofía del amor" (vv. 899-900) leads him away from his sister and leaves the family honor unprotected. Although the events in the *comedia* do not make more than passing reference to Busto's romantic dalliances, the irony is clear. Busto and King Sancho both pursue sexual gratification at the expense of the honor system (Castillo 64).

SANCHO ORTIZ—the true tragic hero of the play. As a faithful and honorable servant, he accepts the King's charge to kill without knowing

---

[28] According to Emilie Bergmann, this omission initiates the "series of faulty speech acts" that lead to the *comedia*'s dramatic conflict ("Acts," 222).

the reason or the person — Busto. He is at the center of the tragic events and is the instrument that destroys the triangle of love and friendship by killing Busto and consequently becoming estranged from his love Estrella. While in prison, he ponders his choice of honor and loyalty to an unjust king over love and temporarily loses his mind.

CLARINDO — the comic servent, or *gracioso*, in the service of Sancho Ortiz. His role is much larger in the longer *desglosada* version of the *comedia* and his name may be a reference to the identity of one possible author — Andrés de Claramonte, whose poetic pseudonym was Clarindo. He provides comic relief particularly during Sancho's mental breakdown in prison.

NATILDE — a slave in the service of Estrella Tabera. She has no loyalty to the Tabera family and willingly agrees to provide the King with access to her mistress in exchange for her freedom and money. She symbolizes the destabilization of the honor system as it functioned in Medieval Spain and the rise of mercantilism.

STRUCTURE AND VERSIFICATION

Although the *comedia* does not have clear structural demarcations beyond the division in three *jornadas*, it is possible to extrapolate the end of scenes and the shift in location based on stage entrances and exits and the locations suggested by the characters themselves. Following much of Stoll's fine study of staging, we may posit the following divisions in scene, or *cuadro*, and location. These structural divisions are marked by the entrance/exit of characters and often a change in poetic meter.

	VERSES	VERSE TYPES	RHYME SCHEME	LOCATION OF CUADRO
JORNADA I				
Cuadro 1	1-476	décima (1-220) redondilla (221-476)	abbaaccddc abba	Exterior, street or square in Sevilla
Cuadro 2	477-692	estancia (477-598) redondilla (599-662) sextilla (663-692)	abbaacddCeE abba ababcc	Exterior, near the Tabera house
Cuadro 4	869-916	redondilla (869-916)	abba	Interior, the *alcázar*
JORNADA II				
Cuadro 1	917-960	redondilla (917-960)	abba	Exterior, street near the Tabera house
	Verses	Verse types	Rhyme scheme	Location of cuadro
Cuadro 3	1165-1259	quintilla (1165-1259)	ababa	Exterior, near the alcázar
Cuadro 4	1260-1401	romance (1260-1401)	i-o	Interior, the Tabera house
Cuadro 5	1402-1880	quintilla (1402-1606) pareado (1607-1690) décima (1691-1880)	ababa xX	Interior, the alcázar
Cuadro 6	1881-1986	romance (1881-1986)	i-a	Exterior/Interior, the front of the Tabera house and its interior
JORNADA III				
Cuadro 1	1987-2173	quintilla (1987-2061) romance (2062-2117) octava real (2118-2173)	ababa u-e ABABABCC	Interior, the alcázar
Cuadro 2	2174-2555	romance (2174-2555)	e-o	Interior, the prison where Sancho Ortiz is detained
Cuadro 3	2556-2645	décima (2556-2645)	abbaaccddc	Exterior, near the prison
Cuadro 4	2646-3029	redondilla (2646-2745) romance (2746-3029)	abba a-a	Interior, the alcázar

In terms of versification, there was a propensity towards certain poetic schemes as the comedia developed. Early on, it tended to privilege the quintilla (1590-1600), while later the redondilla, and finally the romance gained currency. The metric scheme tends to be consistent with established practice: the redondilla for love, the romance for narration, and the décima for serious topics and complaints. In several cases, however, there are innovative departures that may be ironic. King Sancho, for example, speaks in a décima as he expresses satisfaction with the city of Sevilla in the third jornada. On the other hand, Sancho Ortiz's complaint against the king is not expressed in décima but sextilla (Jornada I).

PLOT SUMMARY

As suggested in the discussion of the locations for the *comedia*'s staging, the dramatic action is set in the city of Sevilla and the events depicted in the play occur historically in 1284, the year in which Sancho IV rises to the throne. The action of the play develops slowly in that the first *jornada*, or act, contains only three episodes while the remaining two *jornadas* are characterized by much more tension and dramatic pace as the King's order to kill Busto destroys the lives of both Sancho Ortiz and Estrella.

The plot of *La Estrella* is predicated on the concept of *peripeteia* (English: peripety; Spanish: peripecia), a turning point or reversal, that advances the dramatic conflict. In this case, the turning point is full of tragic irony. King Sancho IV appoints Sancho Ortiz to kill Busto—his best friend and the brother of his future wife.

JORNADA I. Arriving in the city of Sevilla, King Sancho proceeds through the streets, praising the beauty of all the women in the city, especially that of Estrella Tabera—Busto's sister and the betrothed of Sancho Ortiz de las Roelas. The King confesses his desire to possess Estrella to his trusted advisor don Arias who warns him that Busto—Estrella's brother and guardian—may be an obstacle to the King's passions. While speaking with his lieutenants about troublesome military matters, Busto enters with don Arias. The King offers Busto political favors that he accepts even as he resists the King's efforts to gain access to Estrella. When the King offers him the position of *capitán general* in the face of worthier petitions from don Gonzalo de Ulloa and Fernán Pérez de Medina, Busto is humbled. The King then offers to take responsibility for marrying Estrella from her brother Busto. His real goal is to take advantage of her prior to her marriage while simultaneously distracting her brother with favors and responsibilities in the King's service. The King's plan is complicated by the existing marriage agreement between Sancho Ortiz and Busto's sister, Estrella. Sancho and Estrella discuss their impending marriage with much anticipation. However, when Busto confesses the King's desire to take responsibility for Estrella's future marriage to Sancho, he becomes anxious and upset. Although suspicious of the King's motives, Busto acquiesces, accompanies the King and preoccupies himself with his own romantic exploits. In the meantime, don Arias attempts to woo Estrella on the King's behalf. When Estrella promptly rejects this overture, don Arias is reduced to bribing Estrella's servant Natilde with money and her freedom in exchange for facilitating the King's entry to Estrella's house.

JORNADA II. As the King enters the Tabera house to take advantage of Estrella, Busto arrives earlier than expected from his romantic exploits and interrupts him. Busto confronts the King whose face is hidden, and threatens him as the King tries to conceal his true identity. Although he keeps his face hidden, the King declares his true identity as a ploy to escape the house. Busto recognizes the irony that it is indeed the King even as he tells the King that this cannot be true. When the King flees, Busto suspects Natilde and proceeds to hang her publicly. On seeing Natilde's dead body, the King realizes that Busto discovered his identity and decides to kill him. Ironically, the instrument of Busto's death will be Sancho Ortiz—his future brother-in-law and the person on whom Busto himself is counting to protect Estrella from the king. In his audience before the King, Sancho Ortiz is suspicious of the monarch's true motives but accepts the task and the sealed paper on which his victim's name is written. Sancho, however, destroys the letter of absolution in which the King promises to free him if he is captured for the murder of Busto, as it implies that the King lacks honor. When Sancho's servant Clarindo gives him a letter from Estrella containing the good news of their impending wedding, Sancho is reminded to open the sealed paper from the King. After realizing the dire implications of what he has agreed to do, Sancho encounters Busto who greets him as his brother-in-law in anticipation of his wedding to Estrella. As he begins to become mentally unbalanced, Sancho rejects the wedding and offends his best friend prior to killing him. Sancho, not surprisingly, is arrested. In the final scene, Estrella's preparations for her wedding are interrupted by the town officials who have arrived with Busto's body and the identity of his assassin.

JORNADA III. As the King feigns ignorance of the events that have unfolded, Estrella arrives to request that he allow her to render justice against Sancho Ortiz. Even as he is repeatedly questioned by city officials and don Arias, Sancho confesses only his guilt not the reason for his crime. As he awaits his sentence and hopes for death, he becomes increasingly distraught and loses his mind—believing himself to be in hell—with the encouragement of Clarindo. Wearing a disguise to hide her identity, Estrella visits Sancho and grants him his freedom. Estrella only reveals her identity when Sancho refuses to leave the prison without knowing who it is who has freed him. The King cannot believe that Sancho will not reveal the reason for killing Busto and asks Arias for advice in avoiding public responsibility. Arias suggests that the King ask the city officials to only exile Sancho in a bid to keep the King's role a secret. When the jailor, Pedro de Caus, informs the King that Sancho Ortiz pleads for his own death, the King asks them to exile Sancho rather than put him to death. In their sentence, they refuse, and sentence Sancho Ortiz to death—angering the King. As he could not impose his will on the *alcaldes*, the King is forced to confess his role in ordering Sancho to kill Busto. Notwithstanding the King's promise to Sancho and their agreement to marry one another, Estrella and Sancho agree to dissolve their promise and go their separate ways. Astonished by the honor of the Sevillian nobility, the King offers to marry Estrella to a member of the high Castilian nobility.

QUESTIONS OF LANGUAGE

Since reading a literary text often confronts the analysis of language as much as literary themes, devices, and images, it is vital to preserve the seventeenth-century Spanish with as much transparency as possible. For that reason, syntax and lexical usage are consistent with the *desglosada* version of the *comedia*. The only changes relate to the modernization and standardization of spelling since written language is only a convention used to describe a text meant to be performed. In some cases, also, there is an underlying phonetic change due to the loss or shift in the sounds of Spanish (indicated in brackets: [ ]). However, this change is secondary to an understanding of the play. The most common changes in spelling are:

DESGLOSADA VERSION	THIS EDITION	EXAMPLE
-ie-	-i-	priesa > prisa
-y-	-i-	cuydado > cuidado
y-	i-	Ýñigo > Íñigo
y-	hi-	yelo > hielo
-u-	-v-	Seuilla > Sevilla

DESGLOSADA VERSION	THIS EDITION	EXAMPLE
-u-	-b-	aueys > habéis
-bs-	-s-	obscuro > oscuro
-b-	-v-	lacibos > lascivos
b-	v-	bolviendo > volviendo
v-	u-	vn > un
v-	b-	vasiliscos > basiliscos
∅	h-	oy > hoy
∅	-h-	aora > ahora
-t-	-ct-	efeto > efecto
-t-	-pt-	aceto > acepto
e-	o-	escuras > oscuras
-e-	-i-	recebimiento > recibimiento
-ss-	-s-	assiento > asiento
-x-	-j-	dexo [ʃ] > dejo [x]
i-	j-	Iurados [ʒ] > Jurados [x]
-g-	-j-	muger [ʒ] > mujer [x]
-g-	-h-	agora > ahora
-z-	-c-	hazerme [dz] > hacerme [θ]/[s]
z-	c-	zelajes > celajes
-c-	-cc-	satisfación > satisfacción
-c-	-sc-	lacibos > lascivos
-ç-	-z-	alabança [ts] > alabanza [θ]/[s]
ch-	c-	christianíssimo > cristianísimo

-s-	-x-	estrañeza > extrañeza
-mb-	-nv-	combida > convida
q-	c-	quando > cuando

Changes may also center on differences in the use of contractions in the Early Modern period. Some contractions that were common in the seventeenth century have disappeared from standard usage, just as some expressions have become lexicalized in one word.

DESGLOSADA	THIS EDITION
"desso"	"de eso"
"destos"	"de estos"
"desta"	"de esta"
"desto"	"de esto"
"deste"	"de este"
"de espacio"	"despacio"
"a el"	"al"

Given that many of these differences in language are central to appreciating the *comedia*, these linguistic features are often glossed to right side or footnoted at the bottom of the page. Surprisingly, seventeenth-century Spanish does not present as many obstacles to the modern understanding as many might think. The following list describes the most significant and frequent changes in language that the reader will confront.

1. Use of the pronoun "vos" (see vv. 2304, 2536 as examples). As Latin evolved, the forms of address for the second person—the listener—changed. As a result, the plural "vos" came to compete with "vuestra merced" as a singular formal (i.e. deferential) form of address (Penny 137-9). By the mid-eighteenth century, "usted" (from *vuestra merced*) had generally replaced this use of "vos." The object pronoun for "vos" is "os." The pronoun "vos" continues dialectically as an alternative to "tú" through much of Central and South America.
2. Presence of hyperbaton. Hyperbaton is a poetic device in which the normal word order is inverted or altered for literary effect (see vv. 1358-60, for one example). It is particularly common in Baroque poetry

which pursued and valued complication and difficulty.

3. Assimilation of the vibrant [r] to the lateral [l] in infinitives and third person object pronouns: "hablarle" > "hablalle" (v. 2001). This is an example of a sound change that is conditioned phonologically by its phonetic context.

4. Preservation of certain Latinate consonant clusters. These vestiges of Latin often exemplify assimilation that has not yet occurred. The most common example is [ns] rather than the modern [s], such as "ansí" (v. 86). These clusters are often important to maintaining the poetic rhyme.

5. Postposition of clitics. Another variation in syntax, or word order, is the ability to attach pronouns to conjugated verbs (e.g. "cogióte" (v. 2376)). This practice is no longer permitted. Occasionally, it is combined with metathesis—the change in position of sounds—to create words such as "matalde" (v. 1542), instead of "matadle," or "rompeldo" (v. 1572) instead of "rompedlo."

6. Diverse use of the object pronouns. During this period, there was still considerable variation and instability in the use of direct and indirect object pronouns. One example is called "leísmo," in which the pronoun "le" is used instead of "lo" to refer to a male direct object. This practice is still accepted in much of Spain. Another variation is "laísmo," in which "la" is used to refer to a female indirect object, instead of "le:" "y en tu nombre la hablaré" (v. 753), "Castilla, estatuas la ha de labrar" (v. 907-8).

7. Different uses and forms of the subjunctive mood. In the seventeenth century, the future tense still had a subjunctive mood ("darl[e]s a los que *sirvieren*" v. 395, "Dilo que si *estuviere* culpada luego me ofrezco al suplicio" vv. 1297-99, "os pido para esposa la mujer que yo *eligiere*" vv. 1585-7). With its loss, the present subjunctive has expanded to fulfill this communicative function. At the same time, the imperfect subjunctive often discharged the modern function of the conditional ("Alzad, que os hiciera agravios" v. 1429).

8. Alternative form of the pluperfect. Vestiges remain of the Latin pluperfect tense which was a simple tense requiring only one word rather than its modern compound form ("como lo dice a vos, a él mismo se lo dijera!" vv. 1079-80). The verb "dijera" is not subjunctive mood but indicative. In Modern Spanish, it would be "había dicho."

With the rise of the compound pluperfect using *había* + past participle, this verbal paradigm came to signify the imperfect subjunctive.

9. haber de + infinitive. The structure *he, has,... de + infinitive* marks future obligation and is most frequently conveyed in Modern Spanish by *deber* or *tener que + infinitive*: "supuesto que he de hacello" (v. 255). The structure's future time frame explains its development into the Spanish future tense as the auxilary verb became a morpheme attached to the end of the infinitive/future stem: *he de hablar > hablar he > hablaré*. On other occasions, the futurity of the action takes precedence over obligation: "No he de pasar de aquí" (v. 2576).

10. Use of the demonstrative adjective. Due to analogy with the third class of demonstratives (*aquel, aquella,* etc), the first class (*este, esta,* etc.) also yielded a competing demonstrative *aqueste* (v. 1676), *aquesta* (v. 1091), and *aquesto* (v. 1751) that also referred to objects near to the speaker (Penny 145). In the same way, *aquesa* (v. 2136) competed with *esa.* Eventually, these longer forms disappeared, leaving only *este* and *ese.*

11. Use of masculine articles prior to feminine nouns beginning with a vowel. In seventeenth-century Spain, the force of regular sound change often triumphed over that of analogy (i.e. the regularity of the grammatical paradigm). The modern definite articles *el* and *la* derive from the Latin pronouns ILLE (masc.) and ILLA (fem.). However, when ILLA (later ela*) appears before a noun beginning with a vowel, it appears to be the masculine article in the context of the utterance (e.g. *el amistad* (v. 2268), *el escalera* (v. 1942)). This practice continues today, but only prior to feminine nouns beginning with a tonic (i.e. accented) "a-," such as *el agua.*

12. Changes in noun gender. As Modern Spanish has developed from Latin and Romance, nouns have changed their grammatical gender (e.g. *la color* (v. 1890)). This change is often caused by morphological adjustments from Latin to Spanish (Penny 125). Even today, there is still irregularity of gender. *Mar* changes grammatical gender throughout the Spanish-speaking world, just as *arte* changes gender based on its usage.

13. Lexical differences. Just as there are lexical differences today within the Spanish-speaking world (e.g. peanut: *cacahuete, maní,* etc), there is also difference when we compare modern Spanish with it seventeenth-

century ancestor. Sometimes the semantic field is the same. The verb *morir*, for example, is used as a transitive verb, instead of *matar* (vv. 1832, 1834, 1961, 2261). Lexical difference also reveals the richness of language. The irregular past participle *quisto* (v. 1451) for example, appears instead of the modern *querido*. Likewise, the modern *árabe* appears in its popular form *alarbe* (from the Arabic < *al´aráb*). All of these divergences from modern Spanish practice are culturally authentic and reinforce that language is a living and evolving mode of communication.

TOPICS FOR IN-CLASS DISCUSSION AND STUDY

Every reader is encouraged to explore the *comedia* and develop his/her own lines of inquiry. One of the great values of studying literature is to define one´s reaction to a text and share it with other readers. What follows are various topics that may guide and inform the reading process.

Question of authorship. What is the role of the author? Is it important that we know the identity of the author? Does our reading of the play change if the play is the work of several (implied) authors? Why would an author remain in the shadows of anonymity? Consider the theories of authorship as discussed by: Michel Foucault, Roland Barthes, Jürgen Habermas, and Paul Ricoeur.

The king. What is the role of the king? What is the basis for the king's power to govern? To whom is the king accountable? Is it possible to distinguish between the king's private behavior and his identity as a public figure? How is any conflict resolved? Consider other theatrical treatments of a monarch who abuses his power such as the canonical *comedias Fuenteovejuna, El mejor alcalde el Rey, Las mocedades del Cid*, and *Peribáñez y el comendador de Ocaña*. Does the king do what he should at the end of *La Estrella*? Are his acceptance of responsibility and public repentance sufficient to restore order?

Order or Disorder. Discuss the degree to which the *comedia* affirms the existing social order and/or reveals its fissures and contradictions. How does the *comedia* comply with or violate audience expectations? To what degree does the ending violate the conventions of the *comedia de capa y espada*?

Money, honor, personal loyalty, and justice. Compare the representation
of these concepts in *La Estrella* with such works as *La Celestina* or
Fuenteovejuna. What roles do Busto, Sancho Ortiz, and King Sancho
play? Is the city a place of honor or dishonor? Are they stable? Do the
characters all view them and value them in the same ways?

The city of Sevilla. How does the *comedia* tradition represent Sevilla? Does
the city function differently in *El burlador de Sevilla* and/or *El arenal de
Sevilla*? Consider the distinction between urban and rural spaces.

Writing and orality. Consider the role played by written documents in the
play? Do they create or resolve the dramatic conflict? Do they
contribute to or undermine the honor system as represented? Which
characters write or sign paper documents? Does the play represent
writing as a virtuous or honorable act? What are the implications of
the shift from oral to print culture? How does this shift manifest itself?
How do these questions relate to effective communication and the
nature of language?

Gender. Discuss how the *comedia* represents men and women. Is there a
difference? To what degree does the *comedia* develop its female
characters? What importance does their speech or silence have? How
divergent are the female characters from each other?

Role and representation of insanity. Consider the short scene in the third
jornada in which Sancho Ortiz loses his mind? How does this episode
fit into the play? What role does it play? Is it consistent with the tone
and plot as they are developed? Compare this to other dramatic
representations such as Shakespeare's *Hamlet* or to Cervantes's *Don
Quijote* or *El licenciado vidriera*.

Bibliography

SELECTED CRITICAL EDITIONS OF
LA ESTRELLA DE SEVILLA

Claramonte, Andrés de. *La Estrella de Sevilla*. Ed. Alfredo Rodríguez López-Vásquez. Madrid: Cátedra, 1991.

Diez comedias del Siglo de Oro: An annotated ómnibus of ten complete plays by the most representative Spanish dramatists of the Golden Age. 2nd ed. Ed. José Martel and Hymen Alpern. Prospect Heights: Waveland, 1985.

Foulché-Delbosc, Raymond. "*La Estrella de Sevilla*." *Revue hispanique*. 48(1920): 497-678.

Lope de Vega, Félix. *La Estrella de Sevilla*. Ed. Frank O. Reed, Esther M. Dixon and John M. Hill. Boston: D.C. Heath and Co., 1939.

———. *The Star of Seville*. Trans. Elizabeth C. Hullihen. Charlottesville: Jarman, 1955.

———. *The Star of Seville: A Drama in Three Acts and in Verse Attributed to Lope de Vega*. Trans. Henry Thomas. Newtown, Wales: Gregynog Press, 1935.

GENERAL THEORY OF EARLY MODERN CULTURE
AND THE SPANISH *COMEDIA*

Bergmann, Emilie L. "Reading and Writing in the *Comedia*." *The Golden Age Comedia: Text, Theory, and Performance*. Ed. Charles Ganelin and Howard Mancing. West Lafayette, IN: Purdue University Press, 1994. 276-92.

Casa, Frank P. And Michael D. McGaha, eds. *Editing the* Comedia. Lansing: Michigan Romance Studies, 1985.

Chauchadis, Claude. "Honor y honra o cómo se comete un error en lexicografía." *Criticón*. 17(1982): 67-87.

Covarrubias Orozco, Sebastián de. *Tesoro de la lengua castellana o española*. Ed. Felipe C.R. Maldonado. Madrid: Castalia, 1995.

Cuddon, J.A. *Dictionary of Literary Terms and Literary Theory*. New York: Penguin Books, 1992. 3rd edition.

Diccionario de la lengua española. Madrid: Real Academia Española, 1992. 21ª edición.

Dunn, Peter N. "Mateo Alemán in an Age of Anxiety," in *Studies in Honor of James O. Crosby*. Ed. Lía Schwartz. Newark, DE: Juan de la Cuesta, 2004. 125-35.

Elliott, J.H. *The Count-Duke of Olivares. The Statesman in an Age of Decline.* New Haven: Yale University Press, 1986.

Fernández-Marcané, Leonardo. *El teatro de Tirso de Molina: Estudio de onomatología.* Madrid: Playor, 1973.

Hartzenbusch, Juan Eugenio, ed. *Comedias escogidas de Frey Lope Félix de Vega Carpío.* Biblioteca de Autores Españoles, Vol. 24. Madrid: Atlas, 1946.

Howard, Jean E. "Scholarship, Theory, and More New Readings: Shakespeare for the 1990s." *Shakespeare Study Today: The Horace Howard Furness Memorial Lectures.* Ed. Georgianna Ziegler. New York: AMS Press, 1986. 127-51.

Jones, C.A. "Honor in Spanish Golden-Age Drama: Its Relation to Real Life and to Morals." *Bulletin of Hispanic Studies.* 35(1958): 199-210.

Maravall, José Antonio. "Del rey al villano: ideología, sociedad y doctrina literaria." *Historia y crítica de la literatura española.* Ed. Francisco Rico. Barcelona: Crítica, 1983. III: 265-271.

———. *Teatro y literatura de la sociedad barroca.* Madrid: Seminarios y Ediciones, 1972.

Menéndez Pelayo, Marcelino. *Obras de Lope de Vega.* Madrid: Sucesores de Rivadeneyra, 1890-1913. Vol. 4.

Morley, S.G. and Courtney Bruerton. *Cronología de las comedias de Lope de Vega.* Madrid: Gredos, 1968 [1940: original English language edition].

Morley, S.G. and Richard W. Tyler. *Los nombres de los personajes en las comedias de Lope de Vega: estudio de onomatología.* Berkeley: University of California Press, 1961.

Oriel, Charles. *Writing and Inscription in Golden Age Drama.* West Lafayette: Purdue University Press, 1993.

Penny, Ralph. *A History of the Spanish Language.* Cambridge: Cambridge University Press, 2002 [1991].

Pigman, G.W. "Versions of Imitation in the Renaissance." *Renaissance Quarterly.* 33(1980): 1-32.

Rider, Jeff. "Other Voices: History and Interpretation of Medieval Texts". *Exemplaria* 1(1989): 293-312.

Rodríguez, Leandro. "La función del monarca en Lope de Vega." *Lope de Vega y los orígenes del teatro español.* Ed. Manuel Criado de Val. Madrid: EDI-6, 1981. 799-804.

Villarejo, Oscar. "Lista II de *El peregrino*: La lista maestra del año 1604 de los 448 títulos de las comedias de Lope de Vega." *Segismundo.* 3(1966): 57-89.

SELECTED BIBLIOGRAPHY OF SECONDARY SOURCES ON
LA ESTRELLA DE SEVILLA AND CLARAMONTE

Aníbal, C.E. "Observations on *La Estrella de Sevilla*." *Hispanic Review*. 2(1934): 1-38.

Bell, Aubrey. "The Author of *La Estrella de Sevilla*." *Revue hispanique*. 59(1923): 296-300.

————. "The Authorship of *La Estrella de Sevilla*." *Modern Language Review*. 26(1931): 97-98.

Bergmann, Emilie L. "Acts of Reading, Acts of Writing," in *Heavenly Bodies*. 221-34.

Bridges, Christine M.E. "Las máscaras de poder." *El escritor y la escena II*. Ed. Ysla Campbell. Ciudad Júarez: Universidad Autónoma de Ciudad Júarez, 1994. 105-114.

Brooks, John. "*La Estrella de Sevilla*: 'Admirable y famosa tragedia.'" *Bulletin of Hispanic Studies*. 32(1955): 8-20.

Burke, James F. "The *Estrella de Sevilla* and the Tradition of Saturnine Melancholy." *Bulletin of Hispanic Studies*. 51(1974): 137-56.

————. "Writing the *Saturnalia*," in *Heavenly Bodies*. 235-44.

Burton, Grace M. "The Mirrror Crack'd: The Politics of Resemblance," in *Heavenly Bodies*. 45-63.

Cabrera, Vicente. "*La Estrella de Sevilla*: Prosodic Evidence of Interpolations in the Text." *The USF Language Quarterly*. 12(1974): 11-14.

Cantalpiedra Erostarbe, Fernando. *El teatro de Claramonte y* La Estrella de Sevilla. Kassel: Edition Reichenberger, 1993.

Casa, Frank. "The Centrality and Function of King Sancho," in *Heavenly Bodies*. 64-75.

Castillo, Moisés R. "La tragedia moral en el absolutismo de *La Estrella de Sevilla*." *Bulletin of the Comediantes*. 50(1998): 59-77.

Coromina, Irène S. "Sancho IV: El pecado hecho hombre en *La Estrella de Sevilla*." *Bulletin Hispanique*. 103(2001): 281-306.

Cotarelo y Mori, Emilio. "*La Estrella de Sevilla* es de Lope de Vega." *Revista de Archivos, Bibliotecas y Museos*. 7(1930): 12-24.

Cruz, Anne J. "Star Gazing: Text, Performance, and the Female Gaze," in *Heavenly Bodies*. 119-134.

de Armas, Frederick. "The Apple of Colchis: Key to an Interpretation of *La estrella de Sevilla*." *Forum for Modern Language Studies*. 15(1979): 1-13.

————. "Black Sun: Woman, Saturn and Melancholia in Claramonte's *La Estrella de Sevilla*." *Journal of Interdisciplinary Literary Studies*. 6(1994): 19-36.

————, ed. *Heavenly Bodies: The Realms of La Estrella de Sevilla*. Lewisburg: Bucknell University Press, 1996.

―――. "The Hunter and the Twins: Astrological Imagery in *La Estrella de Sevilla*." *Bulletin of the Comediantes*. 32(1980): 11-20.

―――. "The Mysteries of Canonicity," in *Heavenly Bodies*. 15-28.

―――. "Un nuevo Hércules y un nuevo sol: La presencia de Felipe IV en *La estrella de Sevilla*." *Actas Irvine-92, Asociación Internacional de Hispanistas*. Ed. Juan Villegas. Irvine: University of California Press, 1994. Volume V. 118-126.

―――. "Splitting Gemini: Plato, Girard and *La Estrella de Sevilla*." *Hispanófila*. 111(1994): 17-34.

Dulsey, Bernard. "Estrella de Sevilla, ¿adónde va?" *Hispanófila*. 2(1958): 8-10.

Fischer, Susan L. "Reader Response, Iser, and *La estrella de Sevilla*." *El arte nuevo de estudiar comedias: Literary Theory and Spanish Golden Age Drama*. Ed. Barbara Simerka. Lewisburg: Bucknell University Press, 1996. 86-104.

Ganelin, Charles. "Claramonte's *El gran rey de los desiertos, San Onofre*: Allegory or Figural Interpretation." *The Many Forms of Drama*. Ed. Karelisa V. Hartigan. Lanham: University Press of America, 1985. Vol. 5. 51-58.

García-Varela. Jesús. "La destrucción del Rey en *La Estrella de Sevilla*." *RLA: Romance Languages Annual*. 3(1991): 449-53.

―――. "La dinámica del discurso dramático en *La Estrella de Sevilla*." *Bulletin of the Comediantes*. 44(1992): 85-102.

González-Marcos, Máximo. "El antiabsolutismo de *La Estrella de Sevilla*." *Hispanófila*. 74(1982): 1-24.

Heavenly Bodies: The Realms of La Estrella de Sevilla. Ed. Frederick A. de Armas. Lewisburg: Bucknell University Press, 1996.

Heiple, Daniel. "Madness as Philosophical Insight," in *Heavenly Bodies*. 135-145.

Hernández Valcárcel, Carmen. "Intertextuality in the Theater of Lope de Vega," in *Heavenly Bodies*. 181-194.

Kennedy, Ruth Lee. "*La Estrella de Sevilla* as a Mirror of the Courtly Scene―and of its Anonymous Dramatist (Luis Vélez???)." *Bulletin of the Comediantes*. 45(1993): 103-143.

―――. "*La Estrella de Estrella*, Reinterpreted." *Revista de Archivos, Bibliotecas y Museos*. 78(1975): 385-408.

Leavitt, Sturgis. *The Estrella de Sevilla and Claramonte*. Cambridge: Cambridge University Press, 1931.

Mandrell, James. "Of Material Girls and Celestial Women, or, Honor and Exchange," in *Heavenly Bodies*. 146-160.

McKendrick, Melveena. "In the Wake of Machiavelli―*Razón de estado*, Morality, and the Individual," in *Heavenly Bodies*. 76-91.

Menéndez Pelayo, Marcelino. *Estudios sobre el teatro de Lope de Vega*. Madrid: CSIC,1949. Vol. 4.

Oleza, Joan. "La traza y los textos. A propósito del autor de *La Estrella de Sevilla*."

Actas del V Congreso de la Asociación Internacional del Siglo de Oro. Ed. Christoph Strosetzki. Frankfurt: Iberoamericana Vervuert, 2001. 42-68.

Oriel, Charles. "Shame, Writing, and Morality," in *Heavenly Bodies*. 245-57.

Otero-Torres, Dámaris M. "Amistad, lealtad e identidad patria en *La Estrella de Sevilla*." *Indiana Journal of Hispanic Literatures*. 10-11(1997): 45-66.

Parr, James. "Toward Contextualization: Canonicity, Current Criticism, Contemporary Culture," in *Heavenly Bodies*. 29-42.

Pike, Ruth. *Aristocrats and Traders: Sevillian Society in the Sixteenth Century*. Ithaca: Cornell UP, 1972.

Rivers, Elias L. "The Shame of Writing in *La Estrella de Sevilla*." *Folio: Essays on Foreign Languages and Literaturas*. 12(1980): 105-117.

Rodríguez López-Vázquez, Alfredo. "The Analysis of Authorship: A Methodology," in *Heavenly Bodies*. 195-205.

———. "*La Estrella de Sevilla* y Andrés de Claramonte." *Criticón*. 21(1983): 5-31.

———. "*La Estrella de Sevilla* y *Desta agua no beberé*: ¿un mismo autor?" *Bulletin of the Comediantes*. 36(1984): 83-102.

———. "Los índices léxicos, métricos y estilísticos y el problema de la atribución del *Burlador de Sevilla*." *Bulletin of the Comediantes*. 41(1989): 21-36.

Sieber, Harry. "Cloaked History: Power and Politics in *La Estrella de Sevilla*." *Gestos*. 9(1994): 133-45.

Smyth, Philip. "*La Estrella de Sevilla*: Prosodic Evidence of Interpolations in the Text." *Language Quarterly*. 12(1974): 11-14.

Soufas, Teresa S. "The Receptive Circuit and the *Mise-en-scène* in/of *La Estrella de Sevilla*." *MLN*. 107(1992): 220-234.

Stoll, Anita K. "Staging and Polymetry," in *Heavenly Bodies*. 206-217.

Sturm, Harlan and Sara. "The Astronomical Metaphor in *La Estrella de Sevilla*." *Hispania*. 52(1969): 193-97.

Sturm, Harlan. "Historical and Textual Underpinnings," in *Heavenly Bodies*. 92-101.

Weiner, Jack. "Zeus y las metamorfosis de Sancho IV en *La Estrella de Sevilla*." *Explicación de textos literarios*. 10(1981): 63-67.

La Eestrella de Sevilla

Personajes de la comedia

El Rey Don Sancho IV	The king of Castilla y León	REY
Don Pedro de Guzmán	An *alcalde mayor* of Sevilla	PEDRO
Don Farfán de Ribera	An *alcalde mayor* of Sevilla	FARFÁN
Don Arias	Chief advisor to King Sancho	ARIAS
Don Gonzalo de Ulloa	Soldier in the King's service	GONZALO
Don Fernán Pérez de Medina	Soldier in the King's service	FERNÁN
Don Busto Tabera	Brother of Estrella and best friend of Sancho Ortiz	BUSTO
Don Sancho Ortiz de las Roelas	Fiancé of Estrella and best friend of Busto Tabera	SANCHO
Clarindo	Servant of Sancho Ortiz, also the *gracioso*	CLARINDO
Doña Estrella Tabera	Fiancée of Sancho Ortiz and sister of Busto Tabera	ESTRELLA
Natilde	A slave, and servant of Estrella	NATILDE
Don Manuel	Companion of Busto in his amorous escapades	MANUEL
Don Íñigo Osorio	Companion of Busto in his amorous escapades	ÍÑIGO
Teodora	Servant of Estrella	TEODORA
Pedro de Caus	The *alcaide* (jailer) of Triana	ALCAIDE

Primera Jornada[1]

*(Salen EL REY, ARIAS, PEDRO DE GUZMÁN
y FARFÁN DE RIBERA).*

REY   Muy agradecido estoy
                  al cuidado° de Sevilla,   attention
                  y conozco que en Castilla
                  [soberano° rey ya soy].[2]   sovereign

5   Desde hoy reino, pues desde hoy
                  Sevilla me honra y ampara;°   gives refuge
                  que es cosa evidente y clara,
                  y es averiguada° ley   established
                  que en ella° no fuera rey   i.e. *Castilla*

---

[1] Consistent with Foulché-Delbosc's composite of the existing copies of the play, there are no explicit stage directions—*acotaciones*—to introduce each action. Rather, in many cases, the location is implied or specified by the characters themselves. The action of the first *cuadro* appears to center on an outside location such as a street or square (Stoll 209). Nearly all of these structural divisions of *cuadro* are indebted to Stoll, as discussed in the Introduction. In the *acotaciones* that are included, the verb *salir* marks an entrance to the stage while *irse* signals a stage exit.

[2] The text of the *desglosada* offers *ya soberano rey soy* that most editors discard for being lacking in poetic artistry because it exemplifies an antistrophic accent—a poetic defect in which stress falls "upon the syllable immediately previous to the last prosodic accent of the line" (Cabrera 11). The prevalence of such verses in the *desglosada* version has caused some critics to believe that a second less skillful author altered the "original" *suelta* version of the play. Although this edition generally follows the *desglosada* version, verses that are unique to the **suelta** and absent from the *desglosada* appear in **bold**. The 526 verses that are unique to the longer *desglosada* are in *italics*. Editorial corrections of obvious mistakes and substitutions from the *suelta* appear in brackets: [ ].

10   si en Sevilla no reinara.[3]
            Del gasto y recibimiento°   welcome
            del aparato° en mi entrada,   ostentatious pomp
            si no la° dejo pagada°   i.e. *Sevilla*, satisfied
            no puedo quedar contento.
15   [Tendrá mi corte][4] su asiento
            en ella, y no es maravilla
            que la corte de Castilla
            de asiento en Sevilla esté;
            que en Castilla reinaré
20   mientras reinare[5] en Sevilla.
PEDRO   Hoy sus 'alcaldes mayores°   high justices
            agradecidos pedimos
            tus pies, porque recibimos
            en su nombre tus favores.
25   Jurados y regidores[6]
            ofrecen con voluntad
            su riqueza y su lealtad,
            y el Cabildo° lo desea   city council
            con condición que no sea
30   en daño de tu ciudad.[7]
REY   Yo quedo muy satisfecho.
PEDRO   Las manos° nos da a besar.   i.e. *the King's hands*

---

[3] From King Sancho's first entrance into Sevilla (and the *comedia*), it is apparent that he is in need of the city's acceptance and approbation in order to ratify his position and authority (See Casa 67).

[4] *Desglosada: Mi corte tendrá*

[5] This is the first of many examples of the future subjunctive that has been replaced in most cases with the present subjunctive in Modern Spanish.

[6] **Jurados y regidores...** *Supervisors and members of the town council.* Pedro de Guzmán warns the king of the city's commitment to defending both its *riqueza* (from taxation) and *lealtad* (from dishonor).

[7] **y el Cabildo [...]** Pedro reminds King Sancho of the importance of local order and tradition. The conflict that develops between the city of Seville and Castile begins here (see Otero-Torres).

	REY	*Id,*[8] *Sevilla, a descansar,*[9] vaya	
		que con mi gozo habéis hecho	
35		como quien sois; y sospecho	
		que vuestro amparo° ha de hacerme	refuge
		Rey de Gibraltar, que duerme	
		descuidado° en las colunas,°	unaware, columns *of*
		y con prósperas fortunas	*Hercules*
40		haré que de mí se acuerde.	
	FARFÁN	[Con su lealtad y su gente][10]	
		Sevilla, en tan alta empresa,°	enterprise
		le servirá a vuestra Alteza,[11]	highness
		ofreciendo juntamente	
		las vidas.	
45	ARIAS	Así lo siente	
		señor Farfán, de los dos,[12]	
		y satisfecho de vos[13]	
		su Alteza, y de su deseo.[14]	
	REY	Todo, Sevilla, lo creo	

---

[8] While commands such as *id* refer in Modern Spanish to only *vosotros*, the second person plural used in Spain, these forms also corresponded to *vos*, a singular form of address that corresponds now to *usted*.

[9] As footnoted above, these *italics* indicate a verse that appears in the *desglosada*, but not the *suelta*.

[10] *Desglosada: Con su audiencia y con su gente*

[11] The rhyming of "empresa" and "Alteza" suggests an author whose speech lacks the *distinción* between the two phonemes that become /s/ and /θ/, as discussed in the Introduction.

[12] In his edition, Rodríguez López-Vasquez has questioned the validity of lines 46-48 and has reconstructed (i.e. corrected or overwritten) a perceived error in the *desglosada* (139).

[13] See the discussion of the use of the formal pronoun *vos* in the Introduction.

[14] **Así lo siente[...]** *His highness feels the strength of your loyalty, and is satisfied with you and your devotion* (13). All subsequent English glosses that include a page number refer to Hullihen's 1955 translation of the *comedia*. It is hoped that the citation from a full translation will ensure the literary continuity of these glosses.

50   y lo conozco.[15] Id con Dios.

             (Vanse los alcaldes)

ARIAS   ¿Qué te parece, Señor,
            de Sevilla?

REY   [Parecido
            me ha tan bien, que hoy he sido][16]
            sólo rey.[17]

ARIAS   Mucho mejor,

55   mereciendo tu favor,
            Señor, te parecerá
            cada día.

REY   Claro está
            que ciudad tan rica y bella,
            viviendo despacio en ella,

60   más despacio admirará.°   will be astonished

ARIAS   El adorno,° y las grandezas°   decoration, grandeur
            de las calles, no sé yo
            si Augusto[18] en Roma las vio,
            ni [tuvo][19] tantas riquezas.

65   REY   Y las divinas bellezas,
            ¿por qué en silencio las pasas?[20]
            ¿Cómo [limitas][21] y tasas°   appraise

---

[15] Note the growing irony; the King only understands his own limited carnal desires. He lacks wisdom.

[16] *Desglosada: Me ha parecido tan bien, que oy pienso que he sido*

[17] **Parecido me ha[...]** *I think that she (i.e. Sevilla) has treated me so well that only today am I really King* (13).

[18] This is Augustus Cæsar (63B.C.-14A.D.), Emperor of the Roman Empire.

[19] *Desglosada: creo*

[20] Note how the King ignores Arias's reference to Sevilla's illustrious history in order to focus entirely on its beautiful women.

[21] *Desglosada: limites*

		sus celajes y arreboles°?	lights in the sky and
		Y di, ¿cómo en tantos soles,	red clouds
70		como Faetón[22] no 'te abrasas?	burn yourself
	ARIAS	Doña Leonor de Ribera	
		[todo un cielo parecía,	
		que de][23] su rostro nacía	
		el sol de la primavera.	
75	REY	Sol es, si blanca no fuera,	
		y a un sol con rayos de nieve	
		poca alabanza° se debe,	praise
		si en vez de abrasar, enfría.°	chills
		Sol que abrasase querría,	
80		no sol que helado se bebe.	
	ARIAS	*Doña Elvira de Guzmán,*	
		que es la que a su lado estaba,	
		¿qué te pareció?	
	REY	*Que andaba*	
		muy prolijo ° el alemán;[24]	excessive
85		*pues de[…]dos[25] en dos están*	
		juntas las blancas ansí.[26]	= **así**
	ARIAS	*Un maravedí ° vi allí.*	a unit of money
	REY	*Aunque amor anda tan franco,*	

---

[22] Phaeton (i.e. *Faetón*) is the son of Helios, the sun-god, who insisted on driving the chariot of fire. He could not control his father's chariot and set part of the Earth on fire before Zeus killed him with a lightning bolt. King Sancho is like Phaeton in that he is also taking a risk by making poor choices. The suns to which the King refers are all the beautiful women in Sevilla.

[23] *Desglosada: de aquel cielo parecía, donde en su*

[24] This is a reference to the German bankers responsible for financing the Spanish realm with *blancas* and *maravedíes* in the latter sixteenth century. In his edition, Rodríguez López-Vásquez renders these verses as *Que andaba / muy prolijo el ademán*, suggesting that she walks with an irritating and tedious attitude.

[25] *Desglosada: en*

[26] *Blancas* has a double meaning, referring both to the money lent by German bankers and to the white women about whom the king and Arias speak.

		por maravedí tan blanco	
90		*no diera[27] un maravedí.*	
	ARIAS	*Doña Teodora de Castro*	
		es la que viste de verde.	
	REY	*Bien en su rostro se pierde*	
		el marfil y el alabastro.[28]	
95	ARIAS	*Sacárala Amor de rastro*	
		si se la quisiera dar,[29]	
		porque en un buen verde mar	
		engorda ° como en favor.	increases
	REY	*A veces es bestia° Amor*	beast
100		*y 'el verde suele tomar.°*	usually eats what is
	ARIAS	La que te arrojó las rosas,	green
		doña Mencía se llama	
		Coronel.	
	REY	Hermosa dama;	
		mas otras [vi más][30] hermosas.	
105	ARIAS	Las dos morenas briosas°	spirited
		que en la siguiente ventana	
		estaban, era[n][31] doña Ana	
		y doña Beatriz Mejía,	
		hermanas, con que aun el día	
110		nuevos resplandores° gana.	splendor
	REY	Por Ana es común la una,	
		y por Beatriz la otra es	
		sol[a][32] como el Fénix,[33] pues	

---

[27] This is the first of numerous examples where the verb paradigm in *–era* signified either the conditional or the pluperfect indicative.

[28]**Bien en su rostro[...]** *Alabaster and ivory hues are mingled in her face* (16). The King's conceit seeks to emphasize the whiteness of Doña Teodora's complexion.

[29] **Sacárala Amor[...]** *Love would lead her astray, if she wished to give herself* (16).

[30] *Desglosada: vimos*

[31] *Desglosada: era*

[32] *Desglosada: solo*

[33] **Por Ana es[...]** *Called Ana—she must be common. And the other, since she is*

		jamás le igualó ninguna.	
115	ARIAS	La buena o mala fortuna	
		también se atribuye al nombre.	
	REY	En amor, y 'no te asombres,°	do not be amazed
		los nombres con extrañeza	
		dan calidad y nobleza	
120		al apetito del hombre.	
	ARIAS	La blanca y rubia…	
	REY	No digas	
		quién es esa: la mujer	
		blanca y rubia vendrá a ser	
		'mármol y azófar;° y obligas,	marble and brass
125		como adelante prosigas,°	proceed
		a oír la que me da pena.	
		Una vi de gracias llena	
		y en silencio la has dejado;	
		que en sola la blanca has dado	
130		y no has dado en la morena.	
		¿Quién es la que en un balcón	
		yo con atención miré,	
		y la gorra° le quité	hat
		con alguna suspensión?°	ecstasy
135		¿[Quién]³⁴ es la que rayos son	
		sus dos ojos fulminantes,°	explosive
		en abrasar° semejantes,	scorching
		a los de Júpiter fuerte,	
		que están dándome la muerte	
140		de su rigor° ignorantes?	cruelty
		Una que 'de negro hacía°	was dressed in black
		fuerte competencia al Sol,	

Beatri[z], unique as is the Phoenix (17). The phoenix is a rare bird from Egyptian mythology that periodically was consumed by flames, only to be reborn from its own ashes. In this poetic comparison, Beatriz is as rare as the phoenix.

³⁴ *Desglosada y suelta: Qué*

		y al horizonte español	
		entre ébano° amanecía.	ebony
145		Una noche, horror del día,	
		pues de negro, luz le daba	
		y él eclipsado quedaba;	
		un borrón de la luz pura[35]	
		del Sol, pues con su hermosura	
150		'sus puras líneas borraba.°	obscured its pure
	ARIAS	Ya caigo, señor, en ella.	rays
	REY	En la mujer más hermosa	
		repara, que es justa cosa.	
	ARIAS	Esa la llaman La Estrella	
		de Sevilla.	
155	REY	Si es más bella	
		que el Sol, ¿cómo así la ofende?[36]	
		Mas Sevilla no se entiende,	
		mereciendo su arrebol,°	red cloud
		[llamarse] Sol, pues es sol[37]	
160		que 'vivifica y enciende.°	gives life and stirs up
	ARIAS	Es doña Estrella Tabera	
		su nombre, y por maravilla	
		la llama Estrella Sevilla.	
	REY	Y Sol llamarla pudiera.	
165	ARIAS	Casarla su hermano espera	
		en Sevilla, como es justo.[38]	

---

[35] **borrón[...]** *an imperfection*, literally. However, its use is polysemous—having more than one meaning—because it also figuratively describes an action that causes dishonor. As a result, it foreshadows one of the central themes of the *comedia*.

[36] **Si es más[...]** *Since more beautiful than the sun, why thus offend her?* (18). The King appropriates the motif of competition between Estrella and the sun from the lyric poetry tradition. This metaphor continues throughout the *comedia*.

[37] In this verse, there are errors in both the *desglosada* that reads *llamase* and the *suelta* that reads *llamaráse*.

[38] Preoccupied with the satisfaction of his own desires, the King fails to inquire further when he discusses his plans for Estrella with her brother, Busto.

| REY | ¿Llámase su hermano…?° | = ¿cómo se llama…? |
| ARIAS | Busto | |

      Tabera, y es regidor
de Sevilla, cuyo honor
170   [a su calidad ajusto].³⁹

| REY | ¿Y es casado? | |
| ARIAS | No es casado, | |

que en la esfera sevillana⁴⁰
es sol, si estrella es [su]⁴¹ hermana;
que estrella y sol se han juntado.°   joined

175 REY   En buena estrella he llegado
a Sevilla: tendré en ella
suerte favorable y [bella]⁴²
como la deseo ya;
todo me sucederá,
180   teniendo tan buena estrella.

    Si tal Estrella me guía°   guides
¿cómo me puedo perder?
Rey soy, y he venido a ver
estrellas a mediodía.
185   *Don Arias, verla quería,*
que me ha parecido bien.

ARIAS   *Si es estrella que a Belén* °   Bethlehem
te guía, Señor, no es justo
    que hagas a su hermano Busto
190   *bestia del por[t]al⁴³ también.*

REY   ¿Qué orden, don Arias, darás
para que la vea y hable?

---

³⁹ *Desglosada:* **su calidad considera** I esteem equal to his station.

⁴⁰ Arias positions the city of Sevilla as one of the nine spheres in the Ptolemaic universe.

⁴¹ *Desglosada: la.* Refers to the Nativity ass.

⁴² In this verse, there are errors in both the *desglosada* that reads *favorable y hable* and the *suelta* that reads *favor si es tan bella.*

⁴³ *Desglosada: porral*

	ARIAS	Esta estrella favorable	
		a pesar del sol verás.[44]	
195		A su hermano honrar podrás,	
		que los más fuertes honores	
		baten tiros de favores.[45]	
		Favorécele, que el dar,	
		deshacer y conquistar,	
200		puede imposibles mayores.	
		Si tú le das y él recibe,	
		se obliga, y si está obligado,	
		pagará lo que le has dado,	
		que al que dan, en bronce escribe.[46]	
205	REY	A llamarle te apercibe,°	get ready
		y dar orden juntamente	
		cómo la noche siguiente	
		vea yo a Estrella en su casa,	
		epiciclo que me abrasa[47]	
210		con fuego que el alma siente.	
		Parte, °y llámame al hermano.	go
	ARIAS	*En el Alcázar le vi;*	

---

[44] **Esta estrella...** In one of many astronomical metaphors, Arias refers to the star (Estrella) that the king wants to see even as the sun (her brother, Busto) stands in his way. It could be argued that there is competition for the position of the sun—between the king himself, often symbolized by the sun, and Busto. See de Armas, "Splitting Gemini," for a more thorough discussion.

[45] **que los más fuertes[...]** *very high honors surpass all other inducements* (20). Arias is here encouraging the King to wear down Busto's sense of honor through bribery.

[46] **Si tú les das...** *If you give and he receives, he is bound; and if he is bound, he will repay whatever was given him. One who receives writes his debt in bronze* (20). Arias privileges financial matters over honor or justice and alludes to the city of Sevilla's heroic fame.

[47] **epiciclo[...]** astronomical term in the Ptolemaic system that refers to the smaller of two orbits in which a planet or celestial object rotates. Metaphorically, the King describes Estrella as a star—celestial object—that burns his soul.

		veré, Señor, si está allí.	
	REY	*Si hoy este imposible allano,*	
215		*mi reino pondré en su mano.*[48]	
	ARIAS	*Yo esta Estrella te daré.*	

(Vase ARIAS)

		Cielo estrellado° seré	starry heaven
	REY	*en noche apacible° y bella*	calm
		y sólo con una Estrella	
220		*más que el Sol alumbraré.°*	I will illuiminate

(Sale DON GONZALO, con luto°)   mourning

	GONZALO	Déme los pies vuestra Alteza.	
	REY	Levantad, por vida mía.	
		Día de tanta alegría,	
		¿venís con tanta tristeza?	
	GONZALO	Murió mi padre.	
225	REY	Perdí	
		un valiente capitán.	
	GONZALO	Y las fronteras° están	frontiers
		sin quien las defienda.	
	REY	Sí.	
		Faltó° una heroica persona	has died
230		y enternecido° os escucho.	compassionately
	GONZALO	Señor, ha perdido mucho	
		la frontera de Archidona;[49]	
		y puesto, Señor, que igual	
		no ha de haber a su valor,	

---

[48] **Si hoy este[...]** *If I attain my ends today, I shall put my kingdom in her hand* (21).

[49] Archidona is a town in the northern province of Málaga. Although the *comedia* characterizes the city as a military front in the Reconquest, it remained under Arab control until 1462.

235		y que 'he heredado° el honor	I have inherited
		de tan fuerte general,	
		Vuestra Alteza no permita	
		[que no se me dé]⁵⁰ el oficio	
		que ha vacado.⁵¹	

235   y que 'he heredado° el honor   I have inherited

REY   […] Claro indicio°   evidence

240   que [en vos siempre se acredita°].⁵²   does credit to you

Pero la muerte llorad
de vuestro padre, y en tanto
que estáis con luto y con llanto
en mi corte descansad.

245 GONZALO   Con la misma pretensión
Fernán Pérez de Medina
viene, y llevar imagina
por servicios el bastón;°   staff of office
    que en fin adalid° ha sido   champion

250   diez años, y con la espada
los nácares° de Granada   mother-of-pearl
'de [rubíes]⁵³ ha teñido;°   has stained ruby-red
    y por eso adelantarme
quise.

REY   Yo me veré en ello;°   it

255   que supuesto que he de hacello,
quiero en ello consultarme.°   deliberate

(Sale FERNÁN PÉREZ DE MEDINA)

FERNÁN   Pienso, gran Señor, que llego

---

⁵⁰ *Desglosada: si solo por*

⁵¹ **Vuestra Alteza[…]** *Let not your Highness permit that the post which he* (i.e. don Gonzalo's father) *left vacant be given to another* (other than me) (22). Don Gonzalo's strong claim on the position held by his father will conflict with the King's desire to favor Busto for his own personal reasons.

⁵² *Desglosada: Es, lo debo hacer ansí*

⁵³ *Desglosada: granates*

		tarde a vuestros altos pies;	
		besarlos quiero, y después…	
260	REY	Fernán Pérez, con sosiego,°	calm
		los pies me podéis besar,	
		que aun en mis manos está	
		el oficio, y no se da	
		tal plaza° sin consultar	post
265		primero vuestra persona	
		y otras del reino importantes,	
		que, siendo en él los Atlantes,[54]	
		serán rayos de Archidona.	
		Id, y descansad.	
	GONZALO	Señor,	
270		este memorial° os dejo.	remembrance
	FERNÁN	Y yo el mío, que es 'espejo	
		del cristal° de mi valor,	mirror
		donde se verá mi cara	
		limpia, perfecta y leal.	
275	GONZALO	También el mío es cristal	
		que hace mi justicia clara.	

(Vanse GONZALO y FERNÁN; Salen ARIAS y BUSTO)

	ARIAS	Aquí, gran Señor, está	
		Busto Tabera.	
	BUSTO	A esos pies	
		turbado° llego, porque es	unsettled, confused
280		natural efecto ya	
		en la presencia del Rey	
		'turbarse el vasallo,° y yo,	for the vassal to
			be ashamed; since
		'puesto que° esto lo causó,	

---

[54] Atlas (i.e. *Atlante*) is a Greek titan, condemned by Zeus to carry the heavens on his shoulders. Like don Gonzalo, Fernán Pérez is one of the important people who bear the burden of discharging the King's policies.

		como es 'ordinaria ley,°	usually the case
285		dos veces llego turbado,	
		porque el hacerme, Señor,	
		este impensado favor,	
		turbación° en mí ha causado.	confusion
	REY	Alzad.°	get up
	BUSTO	Bien estoy ansí;	
290		que si el Rey se ha de tratar	
		como a santo en el altar	
		digno lugar escogí.	
	REY	Vos sois un gran caballero.	
	BUSTO	De eso he dado a España indicio,°	sign
295		pero 'conforme a° mi oficio,	corresponding to
		Señor, los aumentos quiero.⁵⁵	
	REY	Pues yo, ¿no os puedo aumentar?	
	BUSTO	Divinas y humanas leyes	
		dan potestad° a los reyes,⁵⁶	power to govern
300		pero no l[e]s⁵⁷ dan lugar	
		a los vasallos a ser	
		con sus reyes atrevidos,	
		porque con ellos medidos,°	measured
		gran Señor, deben tener°	control
305		sus deseos, y ansí yo,	
		que exceder las leyes veo,	
		'junto a la ley mi deseo.°	I align my desire with the law
	REY	¿Cuál hombre no deseó	
		ser más siempre?	
	BUSTO	Si [...]⁵⁸ más fuera	

---

⁵⁵ **pero conforme a[...]** *But, lord, I desire promotion corresponding to my talents* (26).

⁵⁶ **Divinas y humanas[...]** Busto subtly reminds the King that there are limits to his power and introduces the critique of absolutism. The King is accountable not just to God but also to established laws and customs.

⁵⁷ *Desglosada: las*

⁵⁸ *Desglosada y suelta: a*

310		cubierto me hubiera hoy	
		pero si Tabera soy,	
		no ha de cubrirse Tabera.[59]	
	REY	¡Notable filosofía	
		de honor!	

(Aparte con ARIAS)

	ARIAS	[Capricho° el primero	whim
		sin segundo].[60]	

(Aparte con EL REY)

315	REY	Yo no quiero,	
		[Tabera, por vida mía],[61]	
		que os cubráis° hasta aumentar	wear a hat
		vuestra persona en oficio	
320		que os dé de este amor indicio,	
		y ansí os quiero consultar,	
		sacándoos de ser Tabera,	
		por general de Archidona,[62]	
		que vuestra heroica persona[63]	

---

[59] **Si [...] más fuera[...]** *If a noble, I should keep my hat on today, but since I am Tabera, I need not wear a hat* (26). Busto refers to the custom of the *grandes* (i.e. grandees, or highest nobles) who did not need to remove their hat in the presence of the King.

[60] *Desglosada: Éstos son primero los que caen.* The *desglosada* conveys the meaning of Arias's aside more directly.

[61] *Desglosada: porque en estando advertido*

[62] **Sacándoos de ser...** This is the first of several occasions in which the King (and Arias) seek to negotiate (arguably through bribery) the cooperation of a vassal in the King´s dishonorable schemes.

[63] The King refers indirectly to verse 229 in which he remarked on the loss of one heroic servant. This reference, however, is ironic because Busto's promotion would be based on reputation rather than actual deeds in the King's service.

		será rayo en su frontera.	
325	BUSTO	Pues yo, Señor, ¿en qué guerra	
		os he servido?[64]	
	REY	En la paz	
		os hallo, Busto, capaz	
		para defender mi tierra,	
		tanto, que ahora os prefiero	
330		a estos, que servicios tales	
		muestran por sus memoriales	
		que aquí, en mi presencia, quiero	
		que leáis y despachéis.	
		Tres pretenden,° que sois vos	aspire
335		y estos dos: mirad qué dos	
		competidores tenéis.	
	BUSTO	(Lee.) «Muy poderoso señor:	
		don Gonzalo de Ulloa suplica a	
		vuestra Alteza le haga merced°	favor
		de la plaza de capitán general de	
		las fronteras de Archidona, atento	
		que mi padre lo ha servido	
		catorce años, haciendo notables	
		servicios a Dios y a vuestra corona:	
		ha muerto en una escaramuza.°	skirmish
		Pido justicia.»	
		Si de su padre el valor	
		ha heredado don Gonzalo,	
		el oficio [le señalo].[65]	
340		(Lee.) «Muy poderoso señor:	
		Fernán Pérez de Medina	
		veinte años soldado ha sido,	

---

[64] **Pues yo, Señor[...]** Busto is suspicious of the King's plans to place him in command of Archidona. The King's brand of favoritism and corruption is consistently rejected by the residents of Seville.

[65] *Desglosada: señalado.* **Señalo** = *I appoint.*

y a vuestro padre ha servido,
y serviros imagina
345   con su brazo y con su espada
en 'propios reinos y extraños:°   own realms and
[ha sido]⁶⁶ adalid diez años   foreign lands
de la vega° de Granada;   low lands
ha estado cautivo en ella
350   tres años en ejercicios
cortos, por cuyos oficios,
y por su espada, que en ella
toda su justicia abona,°   credits
pide en este memorial
el bastón de general
355   de los campos de Archidona.»
REY   Decid los vuestros.
BUSTO   No sé
servicio aquí que decir
por donde pueda pedir,
360   ni por donde se me dé.⁶⁷
Referir de mis pasados
los soberanos blasones,°   coat of arms
tantos vencidos pendones°   banners
y castillos conquistados
365   pudiera; pero, Señor,
ya por ellos merecieron
honor, y si ellos sirvieron
no merezco yo su honor.⁶⁸

---

⁶⁶ *Desglosada: ha que él es*

⁶⁷ **No sé servicio[...]** *I do not know of anything I may have done for which I should ask reward* (29).

⁶⁸ **honor** It is important to discuss the usage in Early Modern Spain of *honor* and *honra*. While critics have sought to distinguish between them, as discussed in the Introduction, there is little evidence to support this claim. In his *Tesoro de la lengua* (1611), Covarrubias defines *honor* saying "vale lo mesmo que honra" (644). For a more extensive discussion of this important point, see Chauchadis.

	La justicia, para sello,	
370	ha de ser bien ordenada,	
	porque es 'caridad sagrada°	sacred duty
	que Dios cuelga° de un cabello,	hangs
	para que, si a tanto exceso	
	de una cosa tan sutil	
375	*para que, 'cayendo en fil, °*	becoming equal
	'no se quiebre °y dé buen peso.	does not fail
	Dar este oficio es justicia	
	a uno de los dos aquí,	
	que si me le° dais a mí	i.e. *el oficio*
380	hacéis, Señor, injusticia.	
	[Y aquí, en] Sevilla, Señor,	
	en cosa no os [he][69] obligado,	
	que en la[s] guerra[s][70] fui soldado	
	y 'en las paces° regidor.	in peace time
385	Y si va a decir verdad,	
	Fernán Pérez de Medina	
	merece el cargo, que es di[…]na[71]°	= **digna**
	de la frontera su edad.	
	Y a don Gonzalo podéis,	
390	que es mozo° y cordobés Cid,[72]	youth

---

[69] *Desglosada:* Y este Sevilla, señor, en cosa no os ha obligado. The *suelta* incorrectly renders *no os* as *nos*.

[70] *Desglosada: la guerra.* This is not a clear error, but parallel structure suggests the plural.

[71] *Desglosada y suelta: digna.* This "error" of language has been corrected by critics so as to improve the rhyme.

[72] **cordobés Cid** This comparison of don Gonzalo to the Cid—Rodrigo Vivar, the eleventh century epic hero of Castile—not only emphasizes his bravery but also invokes the *Poema de Mío Cid*'s central conflict between the loyal servant, the Cid, and his unjust monarch, King Alfonso VI (1040-1109). It is worth noting, that King Sancho IV (1258-1295) in this play is his direct descendant. Verse 20 of the *Poema* applies equally to both monarchs: "—¡Dios, qué buen vassallo, si oviesse buen señor!—".

		hacer, Señor, adalid.	
	REY	Sea pues [lo que] queréis.	
	BUSTO	[Sólo] quiero, [y] la razón[73]	
		y la justicia lo quieren,	
395		**darl[e]s a los que sirvieren**[74]	
		debida satisfacción.	
	REY	Basta,° que me avergonzáis	that's enough
		con vuestros buenos consejos.	
	BUSTO	Son mis verdades espejos,	
400		y así en ell[a]s[75] os miráis.	
	REY	Sois un grande caballero,	
		y en mi cámara° y palacio	chamber
		quiero que asistáis despacio,°	for a long time
		[porque yo conmigo os][76] quiero.	
		¿Sois casado?	
405	BUSTO	[Gran][77] señor,	
		soy de una hermana marido,	
		y casarme no he querido	
		hasta dársele.°	le = *husband*
	REY	Mejor,	
		yo, Busto, se le daré.	
		¿E[s][78] su nombre?°	= **¿Cuál es su**
410	BUSTO	Doña Estrella.	**nombre?**
	REY	A Estrella tan clara y bella	

---

[73] *Desglosada: Sea, pues vos lo queréis. Yo lo quiero, la razón.* **Razón** = *reason.*

[74] **darles a los[…]** This verse is one of five that do not appear in the *desglosada* and are unique to the *suelta*. In addition, *sirvieren* is an example of the future subjunctive which was used to discuss future uncertainty.

[75] **Basta, que me[…]** The King is embarrassed because he has been unmasked; his questionable motives have been revealed. In the following two verses, Busto describes himself metaphorically as a mirror that allows the King to see himself as he truly is. The *desglosada* substitutes *ellos*.

[76] *Desglosada: en gozaros tener*

[77] *Desglosada: ---*

[78] *Desglosada: en*

		no sé qué esposo le dé, si no es el Sol.[79]	
	BUSTO	[Sólo un hombre,]	
		Señor, [para Estrella anhelo,°	yearn for
415		que] no es estrella del cielo.[80]	
	REY	Yo la casaré [en mi nombre][81]	
		con hombre que la merezca.	
	BUSTO	[Por ello los pies te pido.	
	REY	Daréla, Busto, marido,	
420		'que a su igual no desmerezca,°	is not unworthy of
		y decidle][82] que he de ser	her
		padrino y casamentero,°	responsible for
		y que yo dotarla° quiero.	organizing a
	BUSTO	Ahora quiero saber,	wedding; give a
425		Señor, para qué ocasión	dowry
		vuestra Alteza me ha llamado,	
		porque me ha puesto [en][83] cuidado.°	anxious
	REY	Tenéis, Tabera, razón.	
		Yo os llamé para un negocio	
430		de Sevilla, y quise hablaros	
		primero para informaros	
		de él, pero la paz y el ocio°	free time
		nos convida:° más despacio	invites
		'lo trataremos° los dos.	we will discuss it
435		pues de hoy asistiréis vos	
		en mi cámara y palacio.	
		Id con Dios.	

---

[79] As the fourth king of this name, Sancho may reside in the fourth ptolemaic sphere, belonging to the sun. As a result this image is potentially ironic because the *sol* is none other than the king himself. See again de Armas's article.

[80] *Desglosada: A hombre del suelo, señor, mi Estrella se humilla, y no es;*

[81] *Desglosada: ---*

[82] *Desglosada: BUSTO. Aquí te pido los pies. REY. Daréisla marido a doña Estrella en mi nombre, diciéndole,*

[83] *Desglosada: ---*

BUSTO	Dadme los pies.
REY	Mis dos brazos, regidor,
	os daré.
BUSTO	Tanto favor
440	[no entiende mi actividad].[84]

(Aparte.)

Sospechoso voy: quererme,
[y] sin conocerme […] honrarme…[85]
El Rey quiere sobornarme°   to bribe me
de algún mal que piensa hacerme![86] (Vase.)

445	REY	El hombre es bien entendido
		y tan cuerdo° como honrado. sensible
	ARIAS	De estos honrados me enfado:[87]

¡Cuántos, gran Señor, lo han sido
   hasta dar con la ocasión!
450 [Sin][88] ella° son de estos modos   i.e. the opportunity
todos cuerdos, pero todos
con ella 'bailan a un son.°   dance to the same
   Aquel murmura° hoy de aquel   tune; gossips
que el otro ayer murmuró,
455 que la ley que ejecutó°   carried out
ejecuta el tiempo en él.

---

[84] *Desglosada: No puedo entender por qué.* The current verse means: "does not correspond to my deeds."

[85] *Desglosada: sin conocerme, y honrarme*

[86] Busto sees through King Sancho's motives. The King's response in the following verses, "El hombre es bien entendido y tan cuerdo como honrado," confirms for the audience his illicit desire to bribe Busto. Although the *suelta* renders these verses as *mas parece sobornarme honor, que favorecerme*, the essence is unchanged.

[87] Arias seems to suggest that he has no need for the traditional concept of honor as it impedes his pursuit of the King's selfish designs.

[88] *Desglosada y suelta: Si en*

Su honra en una balanza
pone, en otra poner puedes
tus favores y mercedes,
460   tu lisonja° y tu privanza,°[89]   flattery, favor
y verás, gran Señor, cómo
la que agora °está tan baja[90]   **= ahora**
viene a 'pesar una paja, °   = to weigh nothing
y ella °mil marcos de plomo. °   = king's favor, lead
465 REY   Encubierto pienso ver
esta mujer en su casa,
que es sol, pues tanto me abrasa,
aunque estrella al parecer.
ARIAS   *Mira que podrán decir.*
470 REY   *Los que 'reparando están, °*   are taking notice
amigo, en lo que dirán,
se quieren dejar morir.
Viva yo, y diga Castilla
lo que quisiere decir,
475   que Rey Mago quiero ser
de la Estrella de Sevilla. *(Vanse.)*[91]

(*Salen DON SANCHO, DOÑA ESTRELLA,*
NATILDE y CLARINDO.)

SANCHO   Divino ángel mío,
¿cuándo seré tu dueño[92]

---

[89] **tus favores y...** Arias refers to the system of *privanza* in which nobles gained the favor of the king. As Covarrubias defines it: "el favor que el señor le da" (835).

[90] **agora[...]** The presence of the intervocalic velar /g/, from the Latin HAC HORĀ, meaning "at this time," exemplifies the lenition—or weakening—and disappears entirely over time: /g/ > /h/ > ⊘

[91] This marks the end of the first *cuadro* of the *comedia*. The action now shifts to an exterior location near the house of Busto and Estrella Tabera.

[92] Sancho's use of the term *dueño* 'master' underscores the degree to which women could be viewed as property possessing some "exchange value" (Mandrell

	sacando de este empeño°	pledge / engagement
480	las ansias° que te envío?	anxiety
	¿Cuándo el blanco rocío°	dew
	que vierten° mis dos ojos,	shed, spill forth
	Sol que alumbra[ndo]⁹³ sales	
	en conchas° de corales,	shells
485	de que ha formado Amor los labios rojos,	
	con apacibles calmas,	
	perlas harán que en[gas]ten⁹⁴ nuestras almas?	
	¿Cuándo, dichosa °Estrella	happy
	que como el Sol adoro,	
490	*a tu epiciclo de oro,*	
	resplandeciente °y bella,	radiant
	la luz que baña y sella °	stamps
	tu cervelo⁹⁵ divino	
	con rayos de alegría	
495	*adornarás el día,*	
	juntándonos Amor en solo un sino °	fate
	para que emule el Cielo	
	otro Cástor y Pólux⁹⁶ en el suelo?	
	¿Cuándo en 'lazos iguales°	the same bonds
500	*nos llamará Castilla*	
	Géminis de Sevilla	
	con gustos inmortales?⁹⁷	

---

156).

⁹³ *Desglosada: alumbrarme*

⁹⁴ *Desglosada: ensarten*

⁹⁵ **cervelo[...]** Literally, this word is a popular seventeenth-century form of *cerebro*, or brain. In this context, it figuratively refers to the face.

⁹⁶ The reference to Castor and Pollux extends the astronomical metaphor as they are the two brightest stars in the constellation Gemini. In classical mythology, they were also the twin sons of Jupiter and Leda. They participated in the Argonautic expedition and Helen of Troy was their sister.

⁹⁷ Sancho refers to himself and Estrella metaphorically as a constellation waiting to be formed through their impending wedding.

¿Cuándo tendrán mis males
esperanzas de bienes?
505   ¿Cuándo, alegre y dichoso
me llamaré tu esposo,
a pesar de los tiempos que detienes,
que en 'perezoso turno °   lazy passing
caminan con las plantas ° de Saturno?   feet
510   ESTRELLA   Si como mis deseos
los tiempos caminaran,
al Sol aventajaran°   would get ahead
los pasos giganteos,°   gigantic
y mis dulces empleos
515   celebrara Sevilla,
sin envidiar,° celosa°   envying, jealous
amante y venturosa,°   fortunate
la regalada y tierna tortolilla°   turtledove
que con 'arrullos roncos°   raucous cooing
520   tálamos° [hace en]⁹⁸ mil 'lascivos troncos.°   bridal chambers, amorous tree trunks
       En círculos amantes
ayer se enamoraban
do ° sabes, y formaban   = donde
requiebros ° ignorantes   expressions of love
525   sus picos ° de diamantes;   beaks
sus penachos ° de nieve   comb/crest of a bird
dulcemente ofendían,
mas luego los hacían
vaso en que Amor sus esperanzas bebe;
530   pues, los picos unidos,
se brindaban ° las almas y sentidos.   offered each other
       SANCHO   ¡Ay, cómo te agrade[ce]⁹⁹
mi vida esos deseos!
Los eternos trofeos°   trophies

---

⁹⁸ *Desglosada y suelta: hacen*
⁹⁹ *Desglosada: agradezco*

535		de la fama apete[ce°	craves
		mi alma, y se te ofrece].¹⁰⁰	
	ESTRELLA	Yo con ella° la vida	= *Sancho's soul*
		para que viva en ella.	
	SANCHO.	¡Ay, amorosa Estrella,	
540		de fuego y luz vestida!	
	ESTRELLA	¡Ay, piadoso homicida!¹⁰¹	
	SANCHO	¡Ay, sagrados despojos°!	plunder
		Norte en el mar de mis confusos ojos.	
	CLARINDO	(*A NATILDE.*)	
		¿Cómo los dos no damos	
545		de holandas y cambrayes¹⁰²	
		algunos blandos ayes,°	sighs
		siguiendo a nuestros amos?	
	SANCHO	¿No callas?	
	CLARINDO	Ya callamos.	

(*Aparte con NATILDE.*)

¡Ay hermosa muleta°¹⁰³

---

¹⁰⁰ **¡Ay, cómo te[…]** These verses have been the subject of numerous editorial interventions in response to variations between the *desglosada* and the *suelta*, and an apparent error of *etéreos* for *eternos* in the *suelta*. *Desglosada: apetezco, solo el alma te ofrezco*

¹⁰¹ **¡Ay, piadoso homicida!** 'murderer'. This verse exemplifies the occasional poetic oversight of the author. Instead of writing an *endecasílabo*, a verse with eleven syllables, he composes a verse with seven syllables—violating the expected number of poetic syllables for this *estancia*. Estrella´s use of the term *homicida* foreshadows the tragic role Sancho will play in killing her brother.

¹⁰² **holandas y cambrayes[…]** The reference by Clarindo to these two types of fine cloth, used for making handkerchiefs, parodies his master—Sancho Ortiz—and displays a common motif in Early Modern Spanish theatre. Later in the play, this attitude is subverted by the events that befall Sancho.

¹⁰³ **muleta** This is a playful insult as this term refers to the female offspring of a mule—a possible reference to the racial characteristics of the slave Natilde. By

550		de mi amante desmayo!°	discouraged
	NATILDE	¡Ay [...]¹⁰⁴ hermano lacayo,°	servile
		que al son del almohaza° eres poeta!	instrument used
	CLARINDO	¡Ay, mi dicha!	to clean horses
	NATILDE	¡Ay, dichoso!	
	CLARINDO	No tiene tantos ayes un leproso.°	leper
555	SANCHO	¿Qué dice al fin tu hermano?	
	ESTRELLA	Que hechas las escrituras¹⁰⁵	
		tan firmes y seguras,	
		el casamiento es llano,°¹⁰⁶	without obstacle
		y que el darte la mano	
560		unos días dilate°	may be delayed
		hasta que él se prevenga.°	gets himself prepared
	SANCHO	Mi amor quiere que tenga	
		mísero° fin. El tiempo le combate.	miserable
		Hoy casarme querría,	
565		que da el tiempo mil vueltas° cada día.	changes
		La mar tranquila y cana °	white-haired
		amanece [entre] leche¹⁰⁷	
		y antes que montes eche	
		al Sol por la mañana,	
570		*en círculos de grana* °¹⁰⁸	color
		madruga el alba ° hermosa,	awakens the dawn
		y luego, negra nube,	
		en sus hombros se sube	

---

extension, it comes to mean a "crutch." It is followed in verse 551 by Natilde's allusion to Clarindo as a *lacayo*.

¹⁰⁴ *Desglosada: mi*

¹⁰⁵ **Que...** *that when the contracts are completed* (37)

¹⁰⁶ Estrella is unknowingly ironic as the *comedia* consistently devalues all written documents.

¹⁰⁷ *Desglosada: en*

¹⁰⁸ *Grana* is defined as "color con que se tiñen las sedas y paños; y hay diferencias de granas" (*Tesoro* 602). Although the color may vary, it is most commonly a bright red.

		vistiéndola con sombra tenebrosa, °	dark
575		*y los que fueron riscos* °	cliffs
		son de nieve gigantes basiliscos. °	snakes
		Penachos de colores	
		toma un almendro °*verde,*	almond
		y en un instante pierde	
580		*sus matizadas* °*flores;*	many-hued
		cruzan murmuradores	
		los arroyuelos °*puros,*	small brook
		y en su argentado °*suelo*	silvery
		grillos °*les pone [e]l*[109] *hielo;*	cricket
585		*pues si estos de él jamás están seguros,*	
		¿cómo en tanta mudanza °	change
		podré tener del tiempo confianza?	
	Estrella	Si el tiempo 'se detiene°	comes to a stop
		habla a mi hermano.	
	Sancho	Quiero	
		hablarle, porque muero	
590		lo que […] Amor [s]e[110] entretiene.[111]	
	Clarindo	Busto Tabera viene.	

(Sale BUSTO.)

	Busto	¡Sancho, amigo!	
	Estrella	¡Ay! […][112] ¿Qué es esto?	
	Sancho	¿Vos con melancolía?	
595	Busto	Tristeza y alegría	
		en cuidado me han puesto.	
		Entrate° dentro, Estrella.	go inside

---

[109] *Desglosada: al*

[110] *Desglosada y suelta: el Amor le*

[111] **Quiero hablarle[…]** *I wish to speak to him because I am dying of what my love feeds upon* (38).

[112] *Desglosada y suelta: Dios*

| ESTRELLA | ¡Válgame Dios, si el tiempo me atropella!° | tramples |

(Vanse ESTRELLA y NATILDE.)

	BUSTO	Sancho Ortiz de las Roelas…	
600	SANCHO	¿Ya no me llamá[i]s[113] cuñado°?	brother-in-law
	BUSTO	Un caballo desbocado°	runaway
		me hace correr sin espuelas.°	spurs
		Sabed que el Rey me [llamó],[114]	
		no sé, por Dios, para qué,	
605		que, aunque se lo pregunté	
		jamás me lo declaró.	
		Hacíame general	
		de Archidona, sin pedillo,	
		y a fuerza de resistillo	
610		no me dio el bastón real.	
		Hízome al fin…	
	SANCHO.	Proseguid,	go on
		que todo eso es alegría;	
		decid la melancolía	
		y la tristeza decid.[115]	
615	BUSTO	De su cámara me ha hecho.	
	SANCHO	También es gusto.	
	BUSTO	Al pesar	
		vamos.	
	SANCHO	Que me ha de costar	
		algún cuidado° sospecho.	worry
	BUSTO	Díjome que no casara	
620		a Estrella, porque él quería	

---

[113] *Desglosada: llamas*

[114] *Desglosada: ha llamado*

[115] Note the use of *chiasmus* (*quiasmo*) in which there is "a reversal of grammatical structures in successive phrases or clauses" (Cuddon 138), such as ABBA where A = *decid* and B = *melancolía / tristeza*. It is a frequent rhetorical figure in Baroque literature, especially poetry.

casalla, y se pr[o]fería,°¹¹⁶ offered
cuando yo no la dotara,¹¹⁷
   a hacello y dalla marido
a su gusto.

SANCHO   Tú dijiste
625   que estabas alegre y triste,
mas yo solo el triste he sido,
   pues tú alcanzas las mercedes
y yo los pesares cojo.¹¹⁸
Déjame a mí con tu enojo,
630   y tú el gusto tener puedes,
   que en la cámara del Rey,
y bien casada tu hermana,
el tenerle es cosa llana.¹¹⁹   = tener *el gusto*
Mas no cumples con [la ley]¹²⁰
635   de amistad, porque debías
decirle al Rey que ya estaba
casada tu hermana.¹²¹

BUSTO   Andaba
entre tantas demasías°   excesses
   turbado mi entendimiento

---

¹¹⁶ *Desglosada y suelta: prefería.* Some editors do not correct the *desglosada* and *suelta* and leave "se prefería." Covarrubias defines "proferirse" as "ofrecerse a hacer alguna cosa voluntariamente, como yo me profiero a proveer de trigo la ciudad" (836).

¹¹⁷ **cuando no…** *in case I would not give her a dowry*

¹¹⁸ **mas yo solo[…]** *But only I am the sad one; for you receive rich rewards, and I take the worries* (41). Note again the *chiasmus* pattern ABBA: *alcanzas, mercedes, pesares, cojo* that is typical of Early Modern poetry and theater.

¹¹⁹ **el tenerle[…]** *Pleasure is a matter of course.* (41)

¹²⁰ **mas no…** *but you do not fulfill the law of friendship* (41). The *desglosada* reads *las leyes.*

¹²¹ By confronting Busto for his failure to tell the king about Estrella's betrothal, Sancho Ortiz underlines the fact that the impending tragedy could perhaps have been avoided.

640   [que]¹²² lugar no me dio allí
            a decirlo.

SANCHO   Siendo ansí,
           ¿no se hará mi casamiento?

BUSTO   Volviendo a informar al Rey
           que están hechos los conciertos°   agreements
645   y escrituras, serán ciertos
           los contratos, que su ley
           no ha de atropellar lo justo.¹²³

SANCHO   Si el Rey la quiere torcer,°   distort [the law]
           ¿quién fuerza le podrá hacer
650   habiendo interés o gusto?¹²⁴

BUSTO   Yo le hablaré, y vos también,
           pues yo entonces de turbado
           no le dije lo tratado.¹²⁵

SANCHO   ¡Muerte pesares me den!¹²⁶
655   Bien decía que en el tiempo
           no hay instante de firmeza,
           y que el llanto y la tristeza
           son sombra de pasatiempo.
           Y cuando el Rey con violencia
660   quisiere torcer la ley...¹²⁷

BUSTO   ¡Sancho Ortiz, el Rey es Rey!

---

¹²² *Desglosada: aun*

¹²³ Busto underestimates the King's ability to privilege his own carnal desires over his duty.

¹²⁴ In contrast to Busto, Sancho correctly foreshadows the King's propensity for self-gratification at the expense of established law and custom.

¹²⁵ **no le...** *I could not tell him of the contract.* (42)

¹²⁶ **¡Muerte pesares[...]** *Worries will be the death of me.* (42)

¹²⁷ **la ley[...]** The ellipsis "[...] " indicates that Busto has interrupted Sancho and requires the audience to fill in the *lacuna,* or missing information, that has been left out. In Early Modern theatre, this information often has transgressive implications and is communicated implicitly.

	Callar y tener paciencia. *(Vase.)*[128]	
SANCHO	En ocasión tan triste,	
	¿quién paciencia tendrá, quién sufrimiento?	
665	Tirano,° que veniste	tyrant
	a perturbar° mi dulce casamiento	to disrupt
	con aplauso a Sevilla,	
	¡No goces los imperios de Castilla![129]	
	Bien de don Sancho el Bravo	
670	mereces el renombre,° que en las obras	fame
	de conocerte acabo,	
	y pues por tu crueldad tal nombre cobras°	you earn
	y Dios siempre [la][130] humilla,°	humbles
	¡No goces los imperios de Castilla!	
675	*¡Conjúre[se][131] tu gente*	
	y pongan a los hijos de tu hermano	
	la corona en la frente °	forehead
	con bulas del Pontífice Romano, °	i.e. *the Pope*
	y dándoles tu silla, °	i.e. *the throne*
680	*no goces los imperios de Castilla![132]*	
	De Sevilla salgamos;	
	vamos a Gibraltar, donde las vidas	
	en su riesgo° perdamos.	defense
CLARINDO	Sin ir allá las damos por perdidas.	

---

[128] Castillo suggests that Busto's admonition to be quiet and wait patiently for the king to mature is the true lesson of the *comedia* (70). This interpretation is consistent with the *comedia*'s Aristotelian function of determining human action not simply reflecting or imitating it (Mandrell 147).

[129] **¡No goces[…]** *May you never enjoy the Kingdoms of Castile!* (43). Sancho Ortiz speaks to the King as if he were there. Such a statement could never be uttered directly to the King in his presence. In this case, it is repeated throughout the scene.

[130] *Desglosada: las*

[131] *Desglosada: te*

[132] **¡Conjúrese tu gente[…]** *May your own people conspire against you* (43). As discussed in the Introduction, Sancho makes an oblique reference to the civil war in Castile that centered on King Sancho's usurpation of the throne.

685	SANCHO	Con Estrella tan bella,	
		¿cómo vengo a tener tan mala estrella?[133]	
		Mas, ¡ay!, que es rigurosa	
		y en mí son sus efectos desdichados.	
	CLARINDO	Por esta estrella hermosa	
690		[morimos][134] como huevos estrellados.°	smashed
		Mejor fuera en tortilla.[135]	
	SANCHO	No goces los imperios de Castilla. *(Vanse.)*[136]	

(*Salen EL REY, DON ARIAS y acompañamiento.* °)   retinue

	REY	Decid cómo estoy aquí	
	ARIAS	Ya lo saben, y a la puerta	
695		a recibirte, Señor,	
		sale don Busto Tabera.	

(*Sale BUSTO.*)

	BUSTO	¡Tal merced, tanto favor!	
		¿En mi casa vuestra Alteza?	
	REY	Por Sevilla así embozado°[137]	disguised
700		salí con gusto de vella,	
		y me dijeron, pasando,	
		que eran vuestras casas éstas,	
		y quise verlas, que dicen	
		que son 'en extremo° buenas.	extremely
705	BUSTO	Son casas de un escudero.°	squire

---

[133] This rhetorical question is ironic in that Estrella is both his beloved and the source of his bad luck.

[134] *Desglosada: moriremos*

[135] **Mejor fuera[...]** *It were better to die in an omelet!* (44)

[136] This is the end of the second *cuadro* in the first *jornada*. The action in the third *cuadro* shifts to the front of the Tabera family home.

[137] King Sancho reveals his willingness to conceal his identity in order to go place he could not go without the benefit of disguise.

REY	Entremos.
BUSTO	Señor, son hechas

para mi humildad, y vos
no podéis caber° en ellas,   fit [because of
que para tan gran Señor   his greatness]
710   se cortaron muy estrechas,°   tight
y [no os][138] *vendrán bien sus salas,*
que son, gran Señor, pequeñas,
porque su mucha humildad
no aspira a tanta soberbia. °   arrogance
715   *Fuera, Señor, de que en casa*
tengo una hermosa doncella°   maiden
solamente, que la caso
ya con escrituras hechas,[139]
y 'no sonará° muy bien   will not sound
720   en Sevilla, cuando sepan
que a visitarla venís.

REY	No vengo, Busto, por ella;

por vos vengo.[140]

BUSTO	Gran Señor,

notable merced es ésta.
725   Y si aquí por mí venís
no es justo que os obedezca,
que será descortesía
que a visitar su Rey venga
al vasallo,[141] y que el vasallo

---

[138] *Desglosada: nos*

[139] In the *desglosada*, Busto explicitly reveals his marriage plans for his sister to the King, thereby increasing the king's culpability.

[140] The King's statement is true in the strictest sense but the audience is aware that he has selfish designs for Estrella.

[141] **que será descortesía[...]** This sentence is one of many examples of hyperbaton—"a figure of speech in which words are transposed from their usual order" (Cuddon 435). Disentangled, it reads "que será descortesía que su Rey venga

730		lo permita y lo consienta.
		Criado° y vasallo soy	servant
		y es 'más razón° que yo os vea,	more proper
		ya que me queréis honrar,
		en el Alcázar;° que afrentan°	palace, offend
735		muchas veces las mercedes
		cuando vienen con sospecha.[142]
	REY	¿Sospecha? ¿De qué?
	BUSTO	Dirán,
		puesto que al contrario sea,
		que veniste[i]s[143] a mi casa
740		por ver a mi hermana, y puesta
		en opiniones su fama,
		'está a pique° de perderla,	is at risk of
		que el honor es cristal puro
		que 'con un soplo se quiebra.°	with a breath (of
745	REY	Ya que estoy	scandal) breaks
		aquí, un negocio
		comunicaros quisiera.
		Entremos.
	BUSTO	Por el camino
		será, si me dais licencia,°	permission
		que no tengo apercibida°	prepared
		la casa.
	REY	*(Aparte con ARIAS.)*
750		Gran resistencia
		nos hace.
	ARIAS	*(Aparte con EL REY.)*
		Llevalle importa,

---

a visitar al vasallo." This poetic inversion of tradition word order, or syntax, is common in lyric and dramatic poetry.

[142] **que afrentan[...]** The sense of this hyperbaton is "que las mercedes afrentan muchas veces cuando vienen con sospecha." **Sospecha** = *suspicion*.

[143] *Desglosada y suelta: venistes*

		que yo quedaré con ella°	= i.e. *Estrella*
		y en tu nombre la hablaré.	
	Rey	Habla paso, no te entienda,[144]	
755		que tiene todo su honor	
		este necio° en las orejas.	fool
	Arias	*Arracadas °muy pesadas*	hoop earrings
		de las orejas se cuelgan;°	are hanging
		el peso° las romperá.	weight
760	Rey	Basta. No quiero por fuerza	
		ver vuestra casa.	
	Busto	Señor,	
		en casando a doña Estrella,	
		con el adorno que es justo	
		la verá.[145]	
	Arias	Esos coches llega[n].[146]	
765	Rey	Ocupad, Busto, un estribo.°	side seat
	Busto	[A pie, si me dais licencia,	
		he de ir].[147]	
	Rey	El coche es mío,	
		y mando yo en él.	
	Arias	Ya esperan	
		los coches.	
	Rey	[Guíen]°[148] al Alcázar.	drive
770	Busto	Muchas mercedes son éstas;	
		y gran favor me hace el Rey:	
		¡Plegue° a Dios que por bien sea! *(Aparte.)*	may it please

(Vanse, y queda ARIAS. Salen ESTRELLA y NATILDE.)

---

[144] **Habla paso[...]** *Speak low, let him not hear you.* (47)

[145] **Señor, en casando[...]** *My lord, at the wedding of Doña Estrella, with the adornment which is proper, you will see it* (i.e. the Tabera house). (48)

[146] *Desglosada y suelta: llega*

[147] *Desglosada: Señor, yo iré a pie, casa el coche.* Verse 767 of the *suelta* begins *iré* but this does not yield the proper versification.

[148] *Desglosada: ---*

Estrella	¿Qué es lo que dices, Natilde?
Natilde	Que era el Rey, [señora].[149]
Arias	Él era,

775
y no es mucho que los reyes
siguiendo una estrella vengan.
A vuestra casa venía
buscando tanta belleza,
que si el Rey lo es de Castilla,
780 vos de la beldad° sois reina.   beauty
El Rey don Sancho, a quien llaman
    por su invicta° fortaleza   undefeated
El Bravo el vulgo,° y los moros,°   masses, Moors
porque de su nombre tiemblan,
785 *El Fuerte, y sus altas obras* °   deeds
el Sacro y Augusto César,
[que][150] los laureles romanos
con sus hazañas ° afrenta,[151]   heroic deeds
esa divina hermosura
790 vio en un balcón, competencia
de los palacios del alba,
cuando, en rosas y azucenas[152]
medio dormidas, las aves
la° madrugan y recuerdan,   i.e. **la hermosura**
795 y del desvelo llorosa

---

[149] *Desglosada:* ---

[150] *Desglosada: con*

[151] **El rey don Sancho[...]** *The King, Don Sancho, whom people call the Ruthless; and the Moors, because they tremble at his name, the Strong; and, for his exalted deeds, the Holy One and Augustus Caesar—for the roman laurels, by his exploits, he has put to shame. (49-50)*

[152] **rosa y azucena** Arias employs the classical imagery of feminine beauty common to the lyric poetry of Early Modern Spain. See, for example, Garcilaso de la Vega's Sonnet XXIII: "En tanto que de rosa y azucena (= lily)."

vierte racimos de perlas.[153]
[Mandó]me[154] que de Castilla
las riquezas te ofreciera,
aunque son para tus gracias
800   limitadas sus riquezas;
que su voluntad° admitas,   i.e. *amorous designs*
     que si la admites y premias°   reward
serás de Sevilla el Sol
si hasta aquí has sido la estrella.
805   Daráte villas, ciudades
de quien serás ricahembra,
y a un ricohombre te dará
por esposo,[155] con quien seas
corona de tus pasados
810   y aumento de tus Taberas.
¿Qué respondes?

ESTRELLA   ¿Qué respondo?
Lo que ves. *(Vuelve ° la espalda.)*   she turns

ARIAS   Aguarda,° espera.   wait

ESTRELLA   A tan livianos recados
[da mi espalda][156] la respuesta.[157] *(Vase.)*

815 ARIAS   (Aparte.) ¡Notable valor de hermanos
Los dos suspenso° me dejan: bewildered

---

[153] **medio dormidas, las aves[...]** *The awakened birds rise early and wake her, and, tearful, as she awakens, she pours out clusters of pearls.* (50)

[154] *Desglosada: Pidió*

[155] **Daráte villas,[...]** *He will give you towns and cities of which you will be the mistress, and will give you a great noble as husband* (50). *Ricahembra* and *ricohombre* are grandees, or members of the high Spanish nobility. Arias suggests that the King will marry Estrella so well that she will become the wife of a grandee in exchange for acquiescing to his desires.

[156] *Desglosada: mi espalda da*

[157] **A tan livianos[...]** *To such licentious messages, my back gives the answer* (51). As Cruz suggests, this act "is tantamount to treason. It is, therefore, as much her disdain as Busto's rejection that unleashes the king's vengeance on the family" (128-29).

		la gentilidad romana	
		Sevilla en los dos celebra.[158]	
		Parece cosa imposible	
820		que el Rey los 'contraste y ꝟenza,°	oppose and conquer
		pero 'porfía y poder°	persistance and power
		talan° montes, rompen [peñas].[159]	ravage, fell
		Hablar quiero a esta criada,°	i.e. *Natilde*
		que las dádivas° son puertas	gifts
825		para conseguir favores	
		de las Porcias y Lucrecias.[160]	
		¿Eres criada de casa?	
	NATILDE	Criada soy, mas por fuerza.	
	ARIAS	¿Cómo por fuerza?	
	NATILDE	Que soy	
		esclava.	
	ARIAS	¿Esclava?	
830	NATILDE	Y sujeta,	
		sin la santa libertad	
		a muerte y 'prisión perpetua.°	life imprisonment
	ARIAS	Pues yo haré que el Rey te libre	
		y mil ducados° de renta°	ducats, income
835		con la libertad te dé	
		si en su servicio te empleas.	
	NATILDE	Por la libertad y el oro	
		no habrá maldad que no emprenda;[161]	
		mira lo que puedo hacer,	
840		que lo haré como yo pueda.	
	ARIAS	Tú has de dar al Rey entrada	

---

[158] **la gentilidad romana[...]** *In the two of them, Seville manifests its Roman nobility.* (51)

[159] *Desglosada: piedras*

[160] Portia and Lucretia are emblematic of female virtue in the Early Modern Period. In classical Rome, they both chose death rather than dishonor.

[161] **Por la libertad[...]** *For freedom and gold, there's no mischief that I'll not undertake.* (52)

		en casa esta noche.	
	NATILDE	Abiertas	
		todas las puertas tendrá	
		como cumplas° la promesa	keep
845	ARIAS	Una cédula° del Rey	document recogniz-
		con su firma y de su letra[162]	ing an obligation
		antes que entre te daré.	
	NATILDE	Pues yo lo pondré en la mesma°	= misma
		cama de Estrella esta noche.	
850	ARIAS	¿A qué hora Busto se acuesta?	
	NATILDE	Al alba viene a acostarse.	
		Todas las noches requiebra,°	woos (women)
		que este descuido° en los hombres	carelessness
		infinitas honras cuesta.[163]	
855	ARIAS	Y, ¿a qué hora te parece	
		que venga el Rey?	
	NATILDE	Señor, venga	
		a las once, que ya entonces	
		estará acostada.°	i.e. *Estrella*
	ARIAS	Lleva	
		esta esmeralda° en memoria°	emerald, token
860		de las mercedes que esperas	
		del Rey.	
	NATILDE	*Que no hay para qué.*	
	ARIAS	*No quiero que te parezcas*	
		a los médicos.[164]	

---

[162] **Una cédula[...]** *I will give you a document of the King´s with his signature in his own handwriting.* (53)

[163] **Al alba viene...** Natilde's revelation about Busto is the first indication that Estrella's brother is an often absent brother, who leaves her alone at night while he carouses on the town with his friends. In this case, his nightly adventures will imperil his own sister's honor.

[164] **No quiero que[...]** *Do not appear to be bashful like a doctor with his fee* (54). Arias underscores the fact that Natilde is only helping the King because she is being bribed.

NATILDE	Por oro,	
	¿qué monte tendrá firmeza?	
865	El oro ha sido en el mundo	
	el que los males engendra, °	creates
	porque si él °faltara, es claro	i.e. the gold
	no hubiera infamias °ni afrentas. °	disgraces, insults

(Vanse, y salen IÑIGO OSORIO, BUSTO TABERA
y DON MANUEL, con llaves doradas.)

MANUEL	Goce vuestra señoría	
870	la llave y cámara, y vea	
	el aumento que desea.[166]	
BUSTO	Saber pagalle querría	
	a su Alteza la merced	
	que me hace sin merece[l]la.[167]	
875 ÍÑIGO	Mucho merecéis, y en ella	
	que no se engaña creed	
	el Rey.[168]	
BUSTO	Su llave me ha dado,[169]	
	[puerta][170] me hace de su cielo,°	stature
	aunque me 'amenaza el suelo°	the ground threatens

---

[165] **Por oro, ¿qué monte...** Natilde confirms the transition from a culture based on the honor of an individual's unwritten word to contracts and money. This verse marks the end of the third *cuadro*. The action in the final *cuadro* of the *jornada* shifts to the *alcázar* where the King is staying while in Sevilla.

[166] **Goce vuestra[...]** *May your lordship enjoy your place as Chamberlain, and later attain the promotion you desire.* (54)

[167] *Desglosada: merecerla*

[168] This hyperbaton reads "Mucho merecéis, y creed que el Rey no se engaña en ella." *You merit much: you must believe that the King is not mistaken about it.* (55)

[169] The key is symbolic of Busto's new status in the King's household. The dramatic conflict that follows is predicated, in part, on Busto's failure to give the King similar access to his house and sister.

[170] *Desglosada y suelta: pero*

880 viéndome tan levantado;° elevated
  que como impensadamente
  tantas mercedes me ha hecho,
  que se ha de mudar sospecho
  el que honra tan de repente.[171]
885 *Mas conservando mi honor*
  si a lo que he sido me humilla,
  vendré a quedarme en Sevilla
  Veinticuatro[172] y Regidor.
ÍÑIGO *¿Quién es de guarda?*
MANUEL   *Ninguno*
  de los tres.
890 ÍÑIGO   *Pues yo quisiera*
  holgarme.° enjoy myself
MANUEL   *Busto Tabera,*
  si tenéis requiebro[173] alguno
  esta noche nos llevad
  y la espalda os guardaremos.
895 BUSTO *Si queréis que visitemos*
  lo común de la ciudad,[174]
    yo os llevaré donde halléis
  concetos y vocería,[175]
  y dulce filosofía

---

[171] **tantas mercedes me[…]** *For he has done me favors so little deserved that I fear that if thus he honors, he may as swiftly cast down* (55). Busto, of course, is correct to be suspicious of the sudden and unmerited favor he has received.

[172] As Covarrubias defines it, *veinticuatro* "en Sevilla y en Córdoba, y en otros lugares de Andalucía, vale lo mesmo que en Castilla regidor, por ser veinte y cuatro regidores en número" (954).

[173] Although Covarrubias defines it as "el dicho amoroso y regalado" (861), it should be understood metaphorically to refer to an amorous encounter.

[174] **lo común de la ciudad** This is an elliptical reference to their activity of visiting the city's slums in order to find lower-class women for carnal pleasure.

[175] **concetos y vocería** *witty conversation and song* (56). Such reference, of course, is ironic, as Busto and his friends do not seek conversation.

de amor.[176]

900 MANUEL   Merced nos haréis.

(Sale ARIAS.)

ARIAS   A recoger,° caballeros,   to tidy up
                     que quiere el Rey escribir.[177]
MANUEL   [Vamos pues a divertir
                     la] noche.[178]

(Vanse BUSTO, IÑIGO y
DON MANUEL, y sale EL REY.)

REY   ¿Que sus luceros°[179]   eyes
905   esta noche he de gozar
                     don Arias?
ARIAS   La esclavilla°   i.e. Natilde
                     es extremada.°   wonderful
REY   Castilla
                     estatuas la ha de labrar.[180]

---

[176] **dulce filosofía…** Busto's statement is highly ironic in that both he and King
Sancho simultaneously are pursuing sexual self-gratification. In each case, there are
unexpected and undesired consequences. Busto's frequent visits to the seedier parts
of Seville give the King an opportunity to enter the Tabera house with Natilde's
assistance. They also reveal that Busto bears some of the responsibility for the
events that will unfold. Grace Burton offers an extensive discussion of such mirror
images.

[177] Note again how writing supersedes oral speech acts and marks the king's
lack of honor.

[178] *Desglosada: Pues, vámonos a vestir de*

[179] **luceros** These *luceros* extend the continued astronomical metaphor present
in the entire *comedia*. They literally are bright stars but here refer to Estrella's eyes.

[180] **Castilla estatuas la[…]** *Castile must carve a statue to her* (i.e. Natilde) (57). This
is an ironic use of hyperbole because her betrayal of the Ortiz family is a dishonorable private act that only benefits the king himself. Note the presence of *laísmo*, or

	ARIAS	Una cédula [has] de hacella.[181]	
910	REY	[Ve, don Arias],[182] a ordenalla,°	to arrange it
		que no dudaré en firmalla	
		como mi amor [lo][183] atropella.	
	ARIAS	Buena queda la esclavilla,	
		a fe de [noble].[184]	
	REY	Recelo°	mistrust
915		que me vende el sol del cielo	
		[en][185] la Estrella de Sevilla.[186]	

---

the use of "la" as the indirect object pronoun when referring to a woman.

[181] *Desglosada: ha*

[182] *Desglosada: Don Arias, ven.* The *suelta* reads *Ves,* but this is not gramatical.

[183] *Desglosada: se*

[184] **Buena queda[...]** *The little slave girl is lucky! On my faith as a noble!* (57). The *desglosada* reads *pobre.*

[185] *Desglosada: a*

[186] **Recelo que me[...]** *I suspect she is selling me the sun in heaven as the Star of Seville.* (57)

Segunda Jornada

(Salen EL REY, ARIAS y NATILDE,
a la puerta de la casa de Busto.)[1]

NATILDE	Solo será más seguro;	
	que todos reposan° ya.	are resting
REY	¿Y Estrella?	
NATILDE	Durmiendo está,	
920	y el cuarto en que duerme, oscuro.	
REY	Aunque decillo bastaba,	
	este es, mujer, el papel,	
	con la libertad en él,	
	que yo le daré otra esclava	
	a Busto.	
925 ARIAS	El dinero y todo	
	va en él.	
NATILDE	Dadme vuestros pies.	
ARIAS	Todos con el interés°	self-interest
	son, Señor, de un mismo modo.	
REY	Divina cosa es reinar.[2]	
930 ARIAS	¿Quién lo puede resistir?	
REY	Solo, al fin, he de subir	
	para más disimular.°	to conceal
ARIAS	¿Solo 'te aventuras?°	you risk ourself
REY	*Pues,*	
	¿por qué espumosos remolcos	

---

[1] The action in the opening *cuadro* is located back on the street near Busto's home

[2] This statement is ironic in that it is a *divina cosa* for King Sancho not because his power depends on God but because it allows him to achieve wonderful things for himself.

935		*por man[z]anas paso a Colcos?*[3]	
		Busto mi vasallo es.	
		¿No es su casa ésta en que estoy?	
		Pues dime ¿a qué me aventuro?	
		y cuando no esté seguro,	
940		¿conmigo mismo no voy?	
		Vete.	
	ARIAS	¿Dónde aguardaré°?	shall I wait
	REY	Desviado de la calle	
		[...][4] en parte donde te halle.[5]	
	ARIAS	En San Marcos[6] entraré. *(Vase.)*	
945	REY	¿A qué hora Busto vendrá?	
	NATILDE	Viene siempre cuando al alba	
		hacen pajarillos salva;[7]	
		y abierta la puerta está	
		hasta que él viene.	
	REY	El amor	
950		me allane° tan alta empresa.	incites, lit. makes flat

---

[3] **¿por qué espumosos[...]** *Along what foamy ocean paths do I pass to Colchos for apples?* (62). The King elaborates a mixed metaphor that combines the story of Jason (and the Argonauts) who sought the Golden Fleece in the mythic land of Colchis with the golden apples that Hercules sought from the Garden of Hesperides. His point to Arias is that there are no foaming (i.e. dangerous) seas to preclude the achievement of his illicit goals with Estrella. His belief that he has nothing to fear by entering the Tabera house are as incorrect as his use of classical mythology. The *desglosada* erroneously reads *mancanas* instead of *mançanas*.

[4] *Desglosada: y*

[5] **Desviado de la calle[...]** *Away from the street, in a place where I can readily find you.* (63)

[6] This reference to the Iglesia de San Marcos is an interesting historical anachronism in that the events depicted occur in the late thirteenth century predate the church's fourteenth-century construction. It also reveals the author's personal knowledge of the city of Seville if not the exact chronology of its churches.

[7] **Viene siempre[...]** *He comes always when at dawn the birds sing their Hail Mary* (63). Natilde confirms that Busto's habit is to party with his friends don Íñigo and don Manuel until dawn.

NATILDE	Busque tras mí vuestra Alteza
	lo oscuro del corredor,
	que así llegará a sus bellas
	luces.
REY	*Mira mis locuras,*
	pues los dos, ciegos y a oscuras,
	vamos a caza ° *de estrellas.*
NATILDE	*¿Qué Estrella al Sol no ṡe humilla?* °
REY	*Aunque soy don Sancho el Bravo,*
	venero en el cielo octavo
	esta Estrella de Sevilla.⁸ (Vanse.)

955 (line 955)
960 (line 960)

hunting
bows down

(Salen BUSTO, DON MANUEL y DON IÑIGO.)

BUSTO	Ésta es mi posada.°
ÍÑIGO	A Dios.°
BUSTO	Es temprano para mí.
MANUEL	No habéis de pasar de aquí.
BUSTO	Basta.
ÍÑIGO	Tenemos los dos
	cierta visita que hacer.
BUSTO	¿Qué os pareció Feliciana?
MANUEL	En el Alcázar mañana,
	amigo, en° esa mujer
	hablaremos, que es figura
	muy digna de celebrar.

965 (line 965)
970 (line 970)

house
= **Adiós**

= **de**

(Vanse DON MANUEL y DON IÑIGO.)

BUSTO	Temprano me entro a acostar

⁸ **Aunque soy[...]** *Although I am Sancho the Ruthless, I worship in the eighth heaven the Star of Seville* (64). The eighth heaven alludes to the eighth sphere in the Ptolemaic system called the firmament that contained the fixed stars. This is the end of the first short *cuadro* of the second *jornada*. The action now shifts to the front door of the Tabera house and its interior.

		Toda la casa está obscura.	
		¿No hay un paje°? ¡Hola, Luján,	page-boy
		Osorio, Juanico, Andrés!	
975		Todos duermen. ¡Justa, Inés!	
		También ellas dormirán.	
		¡Natilde! También la esclava	
		se ha dormido: es dios el Sueño,	
		y de los sentidos dueño.[9]	

(Salen NATILDE y EL REY.)

980	NATILDE	Pienso que es el que llamaba	
		mi señor. ¡Perdida soy!	
	REY	¿No dijiste que venía	
		al alba?	
	NATILDE	[Desdicha° es mía].[10]	misfortune
	BUSTO	¡Natilde!	
	NATILDE	¡Ay Dios, yo me voy!	
	REY	No tengas pena.°	worry
985	BUSTO	¿Quién es!	
	REY	Un hombre.	
	BUSTO	¿A estas horas hombre,	
		y en mi casa? Diga el nombre.	
	REY	Aparta.°	move away
	BUSTO	No sois cortés;	
		y si pasa, ha de pasar	
990		por la punta de esta espada,	
		que aunque esta casa es sagrada	
		la tengo de° profanar.°	= que, desecrate
	REY	Ten° la espada.	sheathe
	BUSTO	¿Qué es tener,	

---

[9] **También la esclava[…]** *The slave girl, also, has fallen asleep. Sleep is a god and master of the senses.* (65)

[10] *Desglosada: Fue dulo a mí*

		cuando el cuarto de mi hermana	
995		de esta suerte se profana	
		Quién sois tengo de saber	
		o aquí os tengo de matar.	
	REY	Hombre de importancia soy.	
		Déjame.	
	BUSTO	En mi casa estoy,	
1000		y en ella yo he de mandar.	
	REY	Déjame pasar, advierte°	realize
		que soy hombre bien nacido	
		y aunque a tu casa he venido	
		no es mi intención ofenderte,	
1005		sino aumentar más tu honor.	
	BUSTO	¡El honor así se aumenta!	
	REY	Corra tu honor por mi cuenta.[11]	
	BUSTO	Por esta espada es mejor.	
		Y si mi honor procuráis,°	seek
1010		¿cómo embozado venís?[12]	
		Honrándome, ¿'os encubrís?°	you conceal yourself?
		Dándome honor, ¿'os tapáis?°	you cover yourself?
		Vuestro temor os convenza	
		cómo averiguado está	
1015		que ninguno que honra da	
		tiene, de dalla, vergüenza.°	shame
		¡Meted mano, o vive Dios	
		que os mate!'[13]	
	REY	Necio apurar.°	foolish insistence
	BUSTO	Aquí os tengo de matar,	
1020		o me habéis de matar vos. *(Mete mano.)*	
	REY	*(Aparte.)*	

[11] **Corra tu honor[…]** *I will answer for your honor* (68). More literally, this verse reads "may your honor run through my account."

[12] **No es mi intención…** Busto correctly perceives the irony and lack of logic in what the King declares. As Busto suspects, the King seeks to dishonor him.

[13] **¡Meted mano[…]** *Draw your sword or, by Heaven, I will kill you!* (68)

	(Diréle quién soy). Detente,°	hold on
	que soy el Rey.	
BUSTO	Es engaño.	
	¿El Rey procura mi daño,°	injury
	solo, embozado, y sin gente?	
1025	No puede ser, y a su Alteza,	
	aquí, villano,° ofendéis,	villain
	pues defecto en él ponéis,	
	que es una extraña bajeza.°	baseness
	¿El Rey había de estar	
1030	sus vasallos ofendiendo?	
	De esto de nuevo me ofendo;	
	por esto os he de matar	
	aunque más me porfiéis,[14]	
	que, ya que a mí me ofendáis,	
1035	no en su grandeza pongáis	
	ta[l][15] defecto, pues sabéis	
	que sacras y humanas leyes	
	condenan a 'culpa estrecha°	clear blame
	al que imagina o sospecha	
1040	cosa indigna° de los reyes.	unworthy
REY	(*Aparte.*)	
	(¡Qué notable apurar el hombre!)	
	Hombre, digo que el Rey soy.	
BUSTO	Menos crédito te doy,	
	porque aquí no viene el nombre	
1045	de rey con las obras, pues	
	es el rey el que da honor.	
	Tú buscas mi deshonor.	
REY	(*Aparte.*)	
	Este es necio y descortés.	

---

[14] **por esto os[...]** *for this I have to kill you, no matter how much you persist* (i.e. that you are the king). (69)

[15] *Desglosada: tan*

¿Qué he de hacer?

BUSTO   (*Aparte.*)

                         (El embozado°   disguised man

1050   es el Rey, no hay que dudar.

        Quiérole dejar pasar

        y saber si me ha afrentado°   insulted

        luego, que el alma me incita

        'la cólera y el furor,°   rage and violent agita-

1055   que es como censo° el honor,   tion; pension

        que aun el que le da, le quita.

        Pasa, cualquiera que seas,

        y otra vez al Rey no infames,

        ni [el][16] Rey, villano, te llames

1060   cuando haces hazañas feas.

        Mira que el Rey, mi Señor,

        del África horror y espanto,

        es cristianísimo y santo,

        y ofendes tanto valor.[17]

1065   La llave me ha confiado

        de su casa, y no podía

        venir sin llave a la mía

        cuando la suya me ha dado.

        [Y no atropelléis la ley;

1070   mirad][18] que es hombre 'en efeto:°   in reality

        esto os digo, y os respeto

        porque os fingist[e]is[19] el Rey.[20]

---

[16] *Desglosada:* ---

[17] **Mira que el Rey,[...]** *Note that my lord, the King, the horror and terror of Africa, is a most Christian saint such dignity and virtue you offend* (70). Having recognized the King, Busto pretends to not believe him and embarrasses the King by suggesting that he is so honorable and saintly that he could never dishonor someone else's house. The result of this encounter is that the King decides to have Busto killed.

[18] *Desglosada: Mas no atropelle la ley, mire*

[19] *Desglosada: fingistis*

[20] **os respeto[...]** *I spare (i.e. respect) you because you pretend to be the king.* (71)

		Y de verme no os asombre
		cuerdo, aunque quedo afrentado,
1075		que un vasallo está obligado
		a tener respeto al nombre.
		Esto don Busto Tabera
		aquí os lo dice, y ¡por Dios,
		que como lo dice a vos,
1080		*a él mismo se lo dijera!*
		Y sin más atropellallos
		contra Dios y contra ley,
		así aprenderá a ser Rey
		del honor de sus vasallos.[21]
1085	REY	Ya no lo puedo sufrir,

Y de verme no os asombre
cuerdo, aunque quedo afrentado,
que un vasallo está obligado
a tener respeto al nombre.
*Esto don Busto Tabera
aquí os lo dice, y ¡por Dios,
que como lo dice a vos,
a él mismo se lo dijera!*
Y sin más atropellallos
contra Dios y contra ley,
así aprenderá a ser Rey
del honor de sus vasallos.[21]

REY Ya no lo puedo sufrir,
que estoy 'confuso y corrido.°   confused and embar-
¡Necio! Porque me he fingido   rassed
el Rey, ¿me dejas salir?
Pues advierte que yo quiero,
porque dije que lo era,
salir de aquesta° manera; *(Mete mano.)*   **= esta**
que si libertad adquiero
porque aquí Rey me llamé,
y en mí respetas el nombre,
porque° te admire y te asombre   **= para que**
en las obras lo seré.
Muere, villano, que aquí
aliento el nombre me da
de Rey,[22] y él te matará.

BUSTO Sólo mi honor reina en mí.

(Salen CRIADOS, con luces, y NATILDE.)

---

[21] **así aprenderá[…]** *He will learn to be King of the honor of his vassals.* (71)

[22] **Muere, villano…** *Die, you villain, for here the name of King gives me courage, and it will kill you* (71). With modern syntax, this hyperbaton reads: "Muere, villano, que aquí el nombre de Rey me da aliento."

CRIADOS   ¿Qué es esto?
REY   (*Aparte.*)
                               Escaparme quiero
               antes de ser conocido.
               De este villano ofendido
               voy, pero vengarme° espero.²³ (*Vase.*)   to avenge myself
1105 UN CRIADO   Huyó quien tu ofensa trata.²⁴
      BUSTO   Seguidle, dadle el castigo...
               Dejadle, que al enemigo
               se ha de hacer puente de plata.²⁵
                       Si huye, la gloria es notoria °   evident
1110   *que se alcanza sin seguir,*
               que el vencido, con huir,
               da al vencedor la victoria,
               *cuánto [...] este que huyó,*²⁶
               más por no ser conocido
1115   *huye, que por ser vencido,*
               porque nadie le venció.
               Dadle una luz a Natilde,
               y entraos vosotros allá.²⁷ (*Dánsela y vanse.*)
                       (*Aparte.*)
               (Ésta° me vende, que está   i.e. *Natilde*
1120   avergonzada° y humilde.   ashamed
               La verdad he de sacar
               con una mentira cierta.)

---

²³ **De este villano...** This aside marks the moment in which the King´s attention shifts from possessing Estrella to vengeance on her brother Busto.

²⁴ **Huyó quien...** *he hs fled who tried to attack you.* (72)

²⁵ **al enemigo se ha de hacer puente de plata** *one should build a silver bridge for an enemy* (72). The idea is that you give them ample chance to bring about their own undoing. Busto is also aware of the negative consequences of capturing the king and revealing his identity.

²⁶ **[...]** Editors generally have filled this textual lacuna by adding *más que*.

²⁷ **Dadle una luz[...]** *Give a light to Natilde and you all go to your beds.* (73)

Cierra de golpe esa puerta.[28]
Aquí os tengo de matar;
1125   'todo el caso° me ha contado   the whole affair
el rey.

NATILDE   *(Aparte.)*
(Si el Rey 'no guardó°   did not keep
el secreto, ¿cómo yo,
con tan infelice° estado   unfortunate
lo puedo guardar?) Señor,
1130   todo lo que el Rey te dijo
es verdad.

BUSTO   *(Aparte.)*
(Ya aquí colijo°   I realize
los defectos de mi honor.)
¿Qué [tú al fin][29] al Rey le diste
entrada?

NATILDE   Me prometió
1135   la libertad, y ansí yo,
por ella,° como tú viste,   i.e. *her freedom*
hasta este mismo lugar
le° metí.   = **lo,** i.e. *the king*

BUSTO   Y di, ¿sabe Estrella
algo de esto?

NATILDE   Pienso que ella
1140   en sus rayos a abrasar
me viniera si entendiera
mi concierto.[30]

BUSTO   Es cosa clara,

---

[28] **La verdad he de[...]** *I shall try to force out the truth by using an outright lie. Go lock that door at once* (73). This oxymoron—or "figure of speech which underlines incongruous and apparently contradictory words and meanings for a special effect" (Cuddon 669)—underlines the ironic nature of the truth for the King.

[29] *Desglosada: al fin tú*

[30] **Pienso que ella...** *I think that she would have wished to burn me up with her lightning, if she had known my plan* (i.e. agreement with the King). (74)

porque si acaso enturbiara°   were darkened
la luz, estrella no fuera.

1145   No permite su arrebol[31]
eclipse ni sombra obscura,°   = oscura
que [es][32] su luz brillante y pura,
participada del sol.

NATILDE   A su cámara llegó;
1150 en dándome este papel
entró el Rey, y tú tras° él.   after

BUSTO   ¿Cómo? ¿Este papel te dio?

NATILDE   Con mil ducados de renta,
y la libertad.[33]

BUSTO   ¡Favor
1155 grande a costa de mi honor!
¡Bien me engrandece y aumenta![34]
Ven conmigo.

NATILDE   ¿Dónde voy?

BUSTO   Vas 'a que° te vea el Rey,   so that
que así cumplo con la ley
1160 y obligación de quien soy.

NATILDE   ¡Ay, desdichada esclavilla!

BUSTO   Si el Rey la quiso eclipsar,
Fama a España ha de quedar
de la Estrella de Sevilla. *(Vanse.)*[35]

---

[31] **arrebol** The beautiful rose color of Estrella's face does not permit dark clouds or eclipses to obscure the issue. This passage alludes to and contrasts with v. 145-64 in which the King and Arias discuss the power of Estrella's beauty.

[32] *Desglosada: a*

[33] **Con mil[...]** *With a thousand ducats´* (i.e. unit of money) *income and my freedom.* (75)

[34] Note the irony with which Busto decries the King´s behavior towards his household.

[35] **Si el Rey[...]** *Although the King tried to eclipse her, the memory will endure in Spain of the famous Star of Seville* (75). This is the end of the second *cuadro* in the *jornada*. The next *cuadro* is set outside near the *alcázar*.

(Salen EL REY y ARIAS.)

1165	REY	Esto, al fin, me ha sucedido.[36]	
	ARIAS	Quisiste entrar solo.	
	REY	Ha° andado	i.e. *Busto*
		tan necio y tan atrevido,°	insolent
		que vengo, amigo, afrentado;	
		que sé que me ha conocido.	
1170		Metió mano para mí	
		con 'equívocas razones,°	senseless arguments
		y aunque más me resistí,	
		las naturales acciones°	instincts
		con que como hombre nací,	
1175		del decoro°[37] me sacaron	respect
		que pide mi majestad.	
		Doy sobre él; pero llegaron	
		con luces, que la verdad	
		dijer[a]n[38] que imaginaron,	
1180		si la espalda no volviera	
		temiendo el ser conocido;[39]	
		y vengo de esta manera.	
		Lo que ves me ha sucedido,	
		Arias, con Busto Tabera.	
1185	ARIAS	Pague con muerte el disgusto;°	displeasure
		degüéllale,° vea el sol	cut his throat
		naciendo° el castigo justo,	rising

---

[36] This next *cuadro* begins *in medias res,* a Latin term that literally meaning "into the middle of things." The term has come to refer to the narrative technique of "starting in the midst of the action at some crucial point" (Cuddon 450).

[37] Covarrubias defines *decoro* as "el respeto y mesura que se debe tener delante de los mayores y personas graves" (399).

[38] *Desglosada y suelta: dijeron*

[39] **pero llegaron con[...]** *[B]ut they came with lights, which would have revealed the truth of what they had guessed, if I had not turned my back for fear of being known.* (76)

		pues en el orbe° español	realm, lit. world
		no hay más leyes que tu gusto.[40]	
1190	REY	Matarle públicamente,	
		Arias, es 'yerro mayor.°	greater error
	ARIAS	Causa tendrás suficiente,	
		que en Sevilla es Regidor,	
		y el más sabio y más prudente	
1195		no deja, Señor, de hacer	
		algún delito,° llevado	crime
		de la ambición [y el][41] poder.	
	REY	Es tan cuerdo y tan mirado	
		que culpa no ha de tener.[42]	
1200	ARIAS	Pues hazle, Señor, matar	
		en secreto.	
	REY	Eso sí:	
		mas, ¿de quién podré fiar°	to entrust
		este secreto?	
	ARIAS	De mí.	
	REY	No te quiero aventurar.	
1205	ARIAS	Pues yo darte un hombre quiero	
		valeroso, y gran soldado	
		como insigne° caballero,	distinguished
		de quien el moro ha temblado	
		en el obelisco fiero[43]	
1210		de Gibraltar, donde ha sido	

---

[40] **Pague con muerte[...]** *Repay your displeasure with death. Cut his throat; let the rising sun see his just punishment, for in the Spanish world there is no other law than your sovereign pleasure* (76-7). This is a dangerous precedent that Arias proposes to the King.

[41] *Desglosada: del*

[42] **Es tan cuerdo[...]** *So upright, so highly regarded, he* (i.e. Busto) *is not likely to commit an offense* (77).

[43] **obelisco fiero** Arias refers to Gibraltar, one of the two pillars of Hercules, that were part of Charles V's emblem *Non plus ultra* in the first half of the sixteenth century. **Fiero** = *fierce*.

		muchas veces capitán	
		victorioso, y no vencido;	
		y hoy en Sevilla le dan,	
		por gallardo y atrevido,°	daring
1215		el lugar primero; que es	
		de [mil]itares[44] escuelas	
		el sol.	
	REY	Su nombre, ¿cómo es?	
	ARIAS	Sancho Ortiz de las Roelas,	
		y el Cid andaluz después.[45]	
1220		*Este le dará la muerte,*	
		Señor, con facilidad,	
		que es bravo, robusto y fuerte,	
		y tiene en [esta ciudad][46]	
		superior ventura °, y suerte.	fortune
1225	REY	Ese al momento me llama,[47]	
		pues ya quiere amanecer.°	to dawn
	ARIAS	Ven a acostarte.	
	REY	¿Qué cama,	
		Arias, puede apetecer	
		quien está ofendido, y ama?	
1230		Ese hombre llama al momento.	
	ARIAS	En el Alcázar está	
		un bulto pendiente al viento.[48]	
	REY	¿Bulto dices? ¿Qué será?	
	ARIAS	No será sin fundamento.	

---

[44] *Desglosada: limitares*

[45] **El Cid andaluz** Arias seeks to elevate Sancho Ortiz to an almost mythical status by comparing him with Rodrigo Vivar, the Castilian "national" hero. In the first *jornada*, Busto describes don Gonzalo as the "cordobés Cid" (v. 390).

[46] *Desglosada: este lugar.* Editors generally amend this verse as it does not follow the necessary rhyme scheme.

[47] **Ese al momento[...]** *Call that man for me at once.* (78)

[48] **En el Alcázar[...]** *In the Alcázar* (i.e. the royal palace of Seville), *there is a bundle hanging in the wind.* (79)

1235	REY	*Llega, [llega],*[49] *Arias, a ver*	
		lo que es.	
	ARIAS	*Es mujer colgada.* °	hanging
	REY	*[¿Mujer dices?*	
	ARIAS	*Es mujer.]*[50]	
	REY	*¿Mujer?*	
	ARIAS	*Y está ahorcada,*	
		conque no lo viene a ser.[51]	
1240	REY	Mira quién es.	
	ARIAS	La esclavilla	
		con el papel en las manos.[52]	
	REY	¡Hay tal rabia!°	rage
	ARIAS	¡Hay tal mancilla!°	dishonor
	REY	Mataré a los dos hermanos	
		si se alborota Sevilla.[53]	
1245		Mándala luego quitar,	
		y con decoro y secreto	
		también [se puede][54] enterrar.°	to bury
		¿Ansí se pierde el respeto	
		a un rey? No me ha de quedar,	
1250		*[no]*[55] *más que si arenas* °*fuera,*	dust
		de este linaje °*ninguno*	family
		en Sevilla; ¡gente fiera!	
		A mis manos, uno a uno,	
		no ha de quedar un Tabera:	

---

[49] The *desglosada* commits an error of omission and does not repeat the verb *llega* as is necessary for the verse to have eight syllables.

[50] *Desglosada:* REY. ¿Mujer? ARIAS. Di que es mujer. In this case, the *desglosada* version only has seven syllables, when it should have eight.

[51] **Y está ahorcada[...]** *And hanged, whereby she will not return to life.* (80)

[52] The dead body of Natilde constitutes the last communication between Busto and the King and underscores the devaluation of language in the *comedia*.

[53] **Mataré a los[...]** *Kill brother and sister I shall, even in Seville rebels.* (80)

[54] *Desglosada: la manda*

[55] *Desglosada: si*

1255		*esta Estrella que al Sol brilla* °	rivals
		en Sevilla ha de caer.[56]	
	ARIAS	*Si cae, no es maravilla*	
		que la abrase.[57]	
	REY	*Se ha de arder* °	must burn
		hoy con su Estrella Sevilla. (Vanse.)[58]	

(Salen BUSTO y ESTRELLA.)

	BUSTO	'Echa ese marco. °	close this window
1260	ESTRELLA	¿Qué [es][59] esto?	
		que apenas el sol dormido	
		por los balcones del alba	
		sale pisando zafiros,[60]	
		¿y del lecho° me levantas,	bed
1265		sol[o], triste, y afligid[o]?[61]	
		¿Confuso y turbado me hablas?	
		Dime: ¿has visto algún [delito	
		en que cómplice° yo sea]?[62]	accomplice
	BUSTO	Tú me dirás si lo has sido.	
1270	ESTRELLA	**¿Yo? ¿Qué dices? ¿Estás loco?**	
		Dime si has perdido el juicio. °	reason

---

[56] **No me ha[...]** *There will be left not one Tabera, that Star which rivals the Sun—Ay, even Estrella must fall.* (80-1)

[57] **Si cae no[...]** *If Estrella falls, 'tis sure Seville will burn* (81). This is a conceit, or "figurative device[...] which often incorporates metaphor, simile, hyperbole or oxymoron" (Cuddon 177), in which Estrella is both the woman whom the King covets and a star in the sky.

[58] This marks the end of the third *cuadro* of the *jornada*. The next *cuadro* is located in the Tabera home.

[59] *Desglosada:* ---

[60] **el sol dormido[...]** *the sleeping sun has just come out on the balcony of dawn as though he walked upon sapphires.* (81)

[61] *Desglosada: sola, triste, y afligida?* **Afligido** = *worried.*

[62] *Desglosada: cómplice en algún delito*

¿Yo delito? Mas ya entiendo[63]
[que][64] tú lo has hecho en decillo,
[pues][65] sólo con preguntallo
1275   contra mí lo has cometido.
¿Si he hecho delitos preguntas?[66]
No de ti, de mí me admiro,
mas por decirte que sí
lo quiero hacer en sufrillo.
1280   ¿No me conoces? ¿No sabes
quién soy? ¿En mi boca has visto
palabras desenlazadas
del honor con que las rijo?[67]
¿Has visto alegres mis ojos
1285   *de la cárcel ° de sus vidrios*   prison
desatar rayos al aire
lisonjeros y lascivos?[68]
¿En las manos de algún hombre
viste algún papel escrito
1290   *de la mía? ¿Has visto hablando,*
dime, algún hombre conmigo?
Porque si no has visto nada
de las cosas que te he dicho,
¿qué delito puede haber?
1295 BUSTO   Sin ocasión° no lo digo.   reason

---

[63] The *desglosada* omits these verses that appear in the *suelta*.

[64] *Desglosada: más*

[65] *Desglosada: que*

[66] **¿Si he hecho[...]** *You ask if I have done wrong?* (82). Estrella is indignant at the very insinuation that she has dishonored herself or her family. Note the hyperbaton: "¿Preguntas si he hecho delitos?"

[67] **¿En mi boca[...]** *Have you seen on my lips loose words that do not obey the honor with which I rule them?* (82). Estrella's statement underlines the degree to which one's honor is marked by silence, and dishonor by speech (Bergmann "Acts," 226).

[68] **¿Has visto alegres[...]** *Have you seen my wanton eyes send forth, through their windows, alluring, lascivious and immodest glances to attract some passer-by?* (82)

ESTRELLA	¿Sin ocasión?	
BUSTO	¡Ay, Estrella!	
	Que esta noche en casa…	
ESTRELLA	Dilo,	
	que si estuviere culpada	
	luego me ofrezco al suplicio.°	harsh physical
1300	¿Qué hubo esta noche en mi casa?	punishment
BUSTO	Esta noche fue epiciclo	
	del Sol, que [en] entrando en ella°[69]	i.e. **la casa**
	'se trocó° de Estrella el signo.	was changed
ESTRELLA	Las llanezas° del honor	simple facts
1305	no con astrólogo estilo	
	se han de decir: habla claro,	
	y deja en sus zonas cinco	
	al Sol, que aunque Estrella soy	
	yo por el Sol no me rijo,[70]	
1310	*que son las suyas errantes* °	wandering
	y yo Estrella fija ° he sido	fixed
	en el cielo de mi honor,	
	de quien los rayos recibo. [71]	
	… … … …	
	… … … …	

---

[69] **del Sol, que entrando[…]** This verse appears as *del Sol, que en ella esta noche* in the *suelta* edition. Editions that follow the *desglosada* version, such as Foulché Delbosc, often "correct" the verse by adding the preposition "en:" "del Sol, que **en** entrando en ella" (my emphasis) to ensure an octosyllabic verse (i.e. of eight syllables) necessary in the *romance*. Hullihen translates the passage as follows: *Tonight it was the epicycle of the sun, for on entering it the sign of the Star was changed* (83).

[70] **Las llanezas de honor[…]** *The plain facts of honor, not in astronomical terms, may be told. I beg you speak plainly, and leave in his fifth zone, the sun; for though I'm the Star, the sun does not govern me.* (83)

[71] **y yo Estrella fija[…]** Estrella's description of herself as an *Estrella fija* within the sphere of her own honor echoes the King's suggestion in v. 959-960 that Estrella is in the firmament, or eighth Ptolemaic sphere, that housed the fixed stars.

BUSTO	Cuando partía[72] la noche
1315	con sus destemplados gritos,
	entre domésticas aves
	los gallos olvidadizos
	rompiendo el mudo silencio
	[con][73] su canoro sonido,[74]
1320	la campaña de las Cuevas,
	lisonja del cielo Empíreo,°
	entré en casa, y topé en ella,
	cerca de tu cuarto mismo
	al Rey solo y embozado.[75]
ESTRELLA	¿Qué dices?
1325 BUSTO	Verdad, te digo.
	Mira, Estrella, a aquellas horas
	¡a qué pudo haber venido
	el Rey a mi casa solo,
	si por Estrella no vino!
1330	*Que de noche las estrellas*
	son de los cielos jacintos,°
	y a estas horas las buscaban
	los astrólogos egipcios.
	Natilde con él estaba,
1335	que a los pasos y al ruido
	[salió],[76] que aunque a oscuras era,

the highest heaven *(gloss for line 1321)*

hyacinths *(gloss for line 1331)*

---

[72] Most editions "correct" this error of verb agreement so as to read *partían*, although the possible missing verses preclude a definitive answer.

[73] *Desglosada: en*

[74] **entre domésticas[...]** *was shattering the startled night, waking the domestic fowls, and the forgetful cocks were breaking the heavy silence with their noisy call[...]* (83-4). This adverbial clause does not advance the action but describes how Busto entered his home and found the King.

[75] **entré en casa[...]** *I entered the house and saw the King, alone and masked, close to your very bedroom.* (84)

[76] Both the *desglosada* and the *suelta* read *se oyó*, however, most critics view this as an error.

la vio el honor, lince° mío.[77]   lynx
Metí mano, y «¿Quién va?», dije;
Respondió: «Un hombre», y embisto
1340   con él,[78] y él de mí apartado,°   moved away
que era el Rey, Estrella dijo;
y aunque le conocí luego
hiceme desentendido°   ignorant
en conocelle,[79] que el Cielo
1345   darme sufrimiento quiso.
Embistióme° como Rey   he attacked me
enojado y ofendido,
que un Rey [que] embiste enojado
[se] trae su valor consigo.°[80]   with himself
1350   Salieron pajes con luces
y entonces, por no ser visto,
volvió la espalda, y no pudo
[ser de nadie][81] conocido.
Conjuré° a la esclava, y ella,   I questioned
1355   sin mostralle de Dionisio
los tormentos, confesó
las verdades sin martirio[…].[82]
Firmada° la libertad   sealed
le dio en un papel que le hizo

---

[77] **el honor[…]** Busto refers metaphorically to his honor as *linee mío*, thereby emphasizing its sharpness of vision and vigilance.

[78] **y embisto[…]** *I attack him*

[79] **hiceme[…]** *I pretended not to know him* (84), i.e. (as the King)

[80] *Desglosada: que un Rey si embiste enojado / trae su valor consigo.*

[81] *Desglosada: de nadie ser*

[82] **Conjuré a la[…]** *I questioned the slave, and she, without my threatening the torture of Dionysius, confessed the truth without concealment* (85). The *desglosada* reads *martirios*. With more modern syntax, the sentence reads "Conjuré a la esclava, y ella confesó las verdades sin martirio, sin mostrarle [yo] los tormentos de Dionisio." Dionysius The Elder (432-367 BC) was a famous tyrant who ruled Syracuse in Sicily. His name is synonymous with cruelty.

1360	el Rey,[83] que ha sido el proceso
	en que sus culpas fulmino.°	I prove, lit. strike
	Saquéla de casa luego	dead
	porque su aliento nocivo
	no sembrara deshonor[84]
1365	por los nobles edificios,
	que es un criado, si es malo,
	en la casa un basilisco,
	si con lisonjas y halagos
	engañoso cocodrilo.[85]
1370	Cogíla a la puerta, y luego
	puesta en los hombros, camino
	al Alcázar, y en sus rejas°	grating
	la colgué por su delito;[86]°
	que quiero que el Rey conozca
1375	que hay Brutos contra Tarquinos[87]
	en Sevilla, y que hay vasallos
	honrados y bien nacidos.
	Esto me ha pasado, Estrella.
	Nuestro honor está en peligro:
1380	yo he de ausentarme por fuerza
	y es fuerza darte marido.
	Sancho Ortiz lo ha de ser tuyo,
	que con su amparo° te libro°	assistance, I free

---

[83] **Firmada la libertad[...]** *The King had given her freedom in a paper signed and sealed.* (85)

[84] **Saquéla de casa[...]** *I took her out of the house so that her noxious breath should not spread dishonor.* (85)

[85] **que es un[...]** *For a servant, is he is bad, is a basilisk in a house, with flattery and cajolery just like the deceitful crocodile.* (85)

[86] **y en sus rejas[...]** *and on the grating of a window I hanged her for her crimes.* (85)

[87] This classical reference establishes a parallel between Busto's defense of his family against King Sancho's pursuit of Estrella and the story of Brutus, who led a revolt against King Tarquin around 509 BC after one of Brutus's noble relatives was raped by Tarquin's son.

		del rigor° del Rey, y yo	harsh behavior
1385		libre me pongo en camino.	
		Yo le voy a buscar luego,	
		porque así mi honor redimo, °	I redeem, save
		y el nombre de los Taberas	
		contra el tiempo resucito. °	I revive
1390	ESTRELLA	¡Ay Busto, dame esa mano!	

del rigor° del Rey, y yo   *harsh behavior*
1385 libre me pongo en camino.
Yo le voy a buscar luego,
porque así mi honor redimo, °   *I redeem, save*
y el nombre de los Taberas
contra el tiempo resucito. °   *I revive*

1390 **ESTRELLA** ¡Ay Busto, dame esa mano!
por el favor recibido
que me has hecho.

BUSTO   Hoy has de serlo,[88]
y ansí, Estrella, 'te apercibo,°   *I prepare for you*
'su esposa:° guarda silencio   *as his wife*

1395 porque importa al honor mío. [*(Vase.)*][89]

ESTRELLA ¡Ay, Amor, y qué ventura!
Ya estás de la venda asido;[90]
no te has de librar. Mas, ¿quién
sacó el fin por el principio,

1400 si entre la taza y la boca
un sabio temió el peligro?[91] *(Vase.)*[92]

(Salen ARIAS y EL REY, con dos papeles en las manos.)

ARIAS   Ya en la antecámara° aguarda   *ante-room*
Sancho Ortiz de las Roelas.

---

[88] **Hoy has[...]** *Today you must be married* (86). Many editors diverge from Foulché-Delbosc and eliminate *lo* as they may view this direct object pronoun as ungrammatical.

[89] *Desglosada y suelta:* ---

[90] **Ya estás[...]** *Now you are held by the bond.* (86)

[91] **si entre la taza[...]** *for between the cup and the lip, even the wise man feared danger* (86). This statement during Estrella's short soliloquuy foreshadows the tragic events that will occur. Even as her marriage to Sancho Ortiz seems assured, Estrella fears that something may occur to unravel it.

[92] This is the end of the fourth *cuadro* in the *jornada*. In the next *cuadro*, the action shifts back to the *alcázar*.

REY	... ...[93]	
1405	**todo el amor es cautelas.**[94]°	caution
	si la piedad° me acobarda.	devotion
	En este papel sellado°	sealed
	traigo su nombre y su muerte,	
	y en éste, que yo he mandado	
1410	matalle [...][95] de aquesta suerte	
	él quedará disculpado.°	exonerated
	Házle entrar, y echa a la puerta	
	la loba,° y tú no entres.	lock
ARIAS	¿No?	
REY	No, porque quiero que advierta	
1415	que sé este secreto yo	
	solamente, que concierta	
	la venganza en mi deseo	
	más acomodada ansí.[96]	
ARIAS	Voy a llamarle. *(Vase.)*	
REY	Ya veo,	
1420	Amor, que no es éste en mí	
	alto y glorioso trofeo.°	prize, lit. trophy
	Mas disculparme podrán	
	mil prodigiosas historias	
	que en vivos bronces están,	
1425	*y este exceso, entre mil glorias*	
	los tiempos disculparán.[97]	

---

[93] This verse is missing in both the *desglosada* and the *suelta* and may attest to the speed with which the play was written (Rodríguez López-Vázquez 208). In accordance with the versification, it should end in *-arda*.

[94] This verse is missing in the *desglosada* but appears in the *suelta*.

[95] *Desglosada: y*

[96] **quiero que[...]** *I wish him to believe that only I know this secret. For swift and silent vengeance tallies in with my desire most fittingly by this means.* (87)

[97] **Mas disculparme[...]** *But—to excuse me—there will be a thousand prodigious stories writ in living bronze. And this fault, in a thousand triumphs, time will surely excuse* (87-88). Note the use of hyperbaton: "Mas mil prodigiosas historias que están en

(*Sale SANCHO ORTIZ.*)

SANCHO	Vuestra Alteza a mis dos labios
	les conceda los dos pies.
REY	Alzad, que os hiciera agravios.[98]
	Alzad.
SANCHO	Señor…

1430 REY   (*Aparte.*)   Galán° es.   courageous man

SANCHO   *Los filósofos más sabios,*

        y más dulces °oradores,   eloquent

  en la presencia real

  sus retóricas colores

1435   *pierden, y en grandeza igual*

  y en tan inmensos favores,

        no es mucho que yo, Señor,

  me turbe, no siendo aquí

        retórico ni orador.

1440 REY   Pues decid, ¿qué veis en mí?

SANCHO   La majestad y el valor,

        y, al fin, una imagen veo

  de Dios, pues le imita el Rey,

  y después de él, en vos creo.[99]

1445   Y a vuestra cesárea° ley,   imperial

  gran Señor, aquí me empleo.

REY   ¿Cómo estáis?

SANCHO   Nunca me he visto

---

vivos bronces podrán disculparme y, entre mil glorias, los tiempos disculparán este exceso."

[98] **Alzad, que os[…]** *That would be doing you wrong. Rise* (88). Self-servingly, the king seeks to honor Sancho so that he will accept the task of killing Busto.

[99] **La majestad y el[…]** *Majesty and might I see, and in short, an image of God, for the King resembles Him, and next to Him I believe in you* (89). This passage is highly ironic. First, while it affirms the concept that the King's power comes from God, it also suggests how dissimilar King Sancho's image is from God's—a sarcasm lost on the King. Sancho places his faith in God, first, and then the King.

		tan honrado como estoy,[100]	
		pues a vuestro lado asisto.	
1450	REY	Pues aficionado° os soy	fond, keen
		por prudente y por 'bien quisto°	well-loved
		y por valiente soldado	
		y por hombre de secreto,	
		que es lo que más he estimado.°	I regard, value
1455	SANCHO	*Señor, de mí tal conceto,°*	opinion
		Vuestra Alteza, más me ha honrado,	
		que las partes °que me dais	traits
		sin tenellas; sustenellas	
		tengo, °por lo que me honráis.	I must
1460	REY	*Son las virtudes Estrellas.*	
	SANCHO	*(Aparte.)*	
		Si en la Estrella me tocáis °	you touch me
		ciertas son mis desventuras;	
		honrándome el rey me ofende;	
		no son sus honras seguras,	
1465		*pues sospecho que pretende*	
		dejarme sin ella °a escuras. [101]	i.e. *Estrella,* = oscuras
	REY	Porque estaréis con cuidado	
		codicioso° de saber	desirous
		para lo que os he llamado,	
1470		decíroslo quiero, y ver	
		que en vos tengo un gran soldado.	
		A mí me importa matar	
		[en][102] secreto a un hombre, y quiero	
		este caso confiar	
1475		sólo de vos, que os prefiero	
		a todos los del lugar.	

---

[100] Note the irony of this statement. The king only honors him in order to privilege his own designs.

[101] **no son sus honras[...]** *His honors are not safe, for I suspect that he intends to leave me without her—desolate.* (90)

[102] *Desglosada: con*

Sancho	¿Está culpado?	
Rey	Sí, está.[103]	
Sancho	Pues, ¿cómo muerte en secreto	
	a un culpado se le da?	
1480	Poner su muerte en efeto°	= efecto
	públicamente podrá	
	vuestra justicia, sin dalle	
	muerte en secreto, que ansí	
	vos os culpáis [en][104] culpalle,	
1485	pues dais a entender que aquí	
	sin culpa mandáis matalle.	

Y dalle muerte, Señor,
sin culpa, no es justa ley,
sino bárbaro °rigor,   barbarous
1490   *y un Rey, sólo por ser Rey,*
se ha de respetar mejor,
    que si un brazo poderoso
no se vence en lo que puede
siempre será riguroso,
1495   *y es bien que enfrenado °quede*   bridled
con el 'afecto piadoso. °   kind affection
    ¿Qué hace un poderoso en dar
muerte a un humilde, despojos °   remains
de sus pies, sino triunfar
1500   *de las pasiones y enojos*
con que le mandó matar?

	Si ese humilde os ha ofendido	
	en leve° culpa, Señor,	slight
	que le perdonéis os pido.[105]	
1505 Rey	Para su procurador,	
	Sancho Ortiz, no habéis venido,	

---

[103] This marks one of the King´s most dishonest moments in the *comedia*. Busto Tabera is only directly guilty of impeding the King in his desire to possess Estrella.

[104] *Desglosada: por*

[105] **que le perdonéis[...]** *I beg that you will pardon him.* (91)

        sino para dalle muerte.[106]

        Y pues se la mando dar

        escondiendo el brazo fuerte,

1510   debe a mi honor importar

        matarle de aquesta suerte.

          ¿Merece el que ha cometido

        crimen lesae muerte?[107]

SANCHO	En° fuego.	by
REY	Y ¿si el *crimen lesae* ha sido	
	el de éste?	
1515 SANCHO	Que muera luego,	
	'a voces,° Señor, os pido,	shouting
	aunque él mi hermano sea,	
	o sea deudo,° o amigo[108]	relative, kinsman
	que en el corazón se emplea,	
1520	*el riguroso castigo*	
	que tu autoridad desea.	
	Si es así, muerte daré,	
	Señor, a mi mismo hermano,	
	y en nada repararé.[109]	
1525 REY	Dadme esa palabra y mano.	
SANCHO	Y en ella el alma y la fe.	
REY	Hallándole descuidado	

---

[106] **Para su procurador[...]** *As lawyer for the defence, Sancho Ortiz, you come not hither but to put him to death.* (91).

[107] **¿Merece el que[...]** *Does he who has committed treason deserve death?* (92). *Crimen lesae,* or lese majesty, describes a crime against the majesty or dignity of the King as symbol of the state. This is the crime that King Sancho falsely attributes to Busto in order to get Sancho Ortiz to agree to murder him.

[108] Note the dramatic irony; the person that Sancho must kill is his best friend and will soon be his brother-in-law.

[109] **Si es así[...]** *If it is true, I will slay, Lord, my very own brother and think nothing at all of it* (92). Rodríguez López-Vásquez views this *quintilla* as a clear example of a later interpolation by another author. He follows the *suelta* which reads: *y si es así la daré.*

	puedes matalle.	
SANCHO	¡Señor!	

Siendo Roela, y soldado,
1530 ¿me quieres hacer traidor?
¡Yo muerte en caso pensado?[110]
  Cuerpo a cuerpo he de matalle
donde Sevilla lo vea,
en la plaza o en la calle,
1535 que [a]l[111] que mata y no pelea
nadie puede disculpalle,
  y gana más el que muere
a traición que el que le mata;
que el muerto opinión adquiere,
1540 y el vivo, con cuantos trata
su alevosía° refiere.   treachery

REY   Matalde como queráis,
que este papel para abono
de mí firmado lleváis,[112]
1545 *por donde, Sancho, os perdono*
cualquier delito que hagáis.
      Referildo.° *(Dale un papel.)*   read it

SANCHO   Dice así.
      (Lee.)
«Al que este papel advierte,
Sancho Ortiz, luego por mí
1550 y en mi nombre, dalde muerte,
que yo por vos salgo aquí,
    y si os halláis 'en aprieto°   under arrest
por este papel firmado
sacaros de él° os prometo.   i.e. *arrest*

---

[110] **Yo, muerte[…]** *I, to kill in a framed-up case?* (93)

[111] *Desglosada y suelta: el*

[112] **Matalde como[…]** *Kill him any way you like, but this paper for your safety, signed by me, you carry with you* (93). Note the frequent linguistic phenomenon of metathesis that transforms *matadle* into *matalde* by transposing phonemes.

1555	Yo el Rey.» Estoy admirado°	amazed
	de que tan poco conceto	
	tenga de mí vuestra Alteza.	
	¿Yo cédula? ¿Yo papel?	
	Tratadme con más llaneza,	
1560	que más en vos que no en él°	i.e. *the signed paper*
	confía aquí mi nobleza.[113]	
	Si vuestras palabras cobran	
	[valor][114] que los montes labra,	
	y ellas cuanto dicen obran,	
1565	dándome aquí la palabra,	
	Señor, los papeles sobran.[115]	
	A la palabra remito	
	la cédula que me dais,	
	con que a vengaros me incito,	
1570	*porque donde vos estáis*	
	es excusado °lo escrito.[116]	superfluous
	Rompeldo,° porque sin él	tear it up
	la muerte le solicita,	
	mejor, Señor, que con él,	
1575	que en parte desacredita	
	vuestra palabra el papel.[117] *(Rómpele.)*	
	Sin papel, Señor, aquí	
	nos obligamos los dos	
	y prometemos ansí,	

---

[113] **Tratadme con[...]** *Treat me with more confidence, for in you rather than in the paper my integrity in this matter confides.* (94)

[114] *Desglosada: labor*

[115] **Si vuestras palabras[...]** *If your words possess power to level the mighty mountains and accomplish all that they say, by giving me your word, lord, you make papers superfluous.* (94)

[116] **A la palabra[...]** In this *quintilla* unique to the *desglosada* version, Sancho Ortiz expresses his indignation at the King's written offer. For noble men of honor, the spoken word always sufficed.

[117] **que en parte[...]** *for your word partly discredits the paper you have written.* (94)

1580	yo de vengaros a vos,	
	y vos, de librarme a mí,[118]	
	y si es así, no hay que hacer	
	cédulas que estorbo° han sido:	hindrance
	yo os voy luego a obedecer,	
1585	y sólo por premio os pido	
	para esposa la mujer°	i.e. *Estrella*
	'que yo eligiere.°	that I may choose

REY   Aunque sea
ricafembra° de Castilla   = **ricahembra** *grandee*
os la concedo.[119]

SANCHO   Posea
1590 vuestro pie la alarbe° silla;[120]   = **árabe**
el mar los castillos vea
gloriosos y dilatados
por sus trópicos ardientes °   burning
y por sus climas helados.°   frozen

1595 REY   Vuestros hechos excelentes,
Sancho, quedarán premiados.°   rewarded
En este papel va el nombre *(Dale un papel.)*
del hombre que ha de morir;[121]
cuando [lo][122]° abráis no os asombre,   i.e. *the paper*
1600 mirad que he oído decir
en Sevilla que es 'muy hombre.°   great man

SANCHO   Presto, Señor, lo sabremos.

---

[118] **yo de vengaros,[…]** *I, to avenge your wrong, you, to free me from prison.* (94)

[119] **Aunque sea[…]** *Although she prove to be the first lady of Castile* (i.e. a grandee), *I will give her to you.* (95)

[120] **Posea vuestro[…]** *Be the Arab throne your footstool* (95). The word *alarbe* is a popular form of *árabe* that derives from "al´aráb" in Hispano-Arabic and underwent a change in syllabic stress and subsequently the loss of the vowel in the following syllable.

[121] **En este papel[…]** *In this paper is the name of the man that has to die.* (95)

[122] *Desglosada: le*

[REY][123]	Los dos, Sancho, solamente
	este secreto sabemos.
1605	No hay que advertir[os];[124] prudente
	sois vos: obrad y callemos.[125] *(Vase.)*

(Sale CLARINDO.)

CLARINDO	¿Había de encontrarte	
	cuando nuevas° tan dulces vengo a darte?	news
	Dame, señor, albricias,	
1610	de las glorias mayores que codicias.[126]	
SANCHO	¿Ahora de humor° vienes?	(humorous) mood
CLARINDO	¿Cómo el alma en los brazos no previenes?[127]	
	(Dale un papel.)	
SANCHO	¿Cúyo°[128] es este?	= ¿de quién?
CLARINDO	De Estrella,	
	que estaba más que el Sol hermosa y bella	
1615	*cuando por la mañana*	
	forma círculos de oro en leche y grana. °[129]	pomegranate seeds
	Mandóme que te diera	
	ese papel, y albricias te pidiera.	
SANCHO	¿De qué?	

---

[123] *Desglosada:* ----. This verse of the *desglosada* reveals another oversight in that it presents these four verses as a continuation of Sancho's response to the King rather than the King's response to Sancho.

[124] *Desglosada: nos*

[125] **No hay que[...]** *It must not be noticed; you are prudent; get to work and be silent.* (95)

[126] **Dame, señor,[...]** *Give me reward for good news of the great joy you covet.* (96)

[127] **¿Ahora de humor[...]** *SANCHO. Now are you being funny? CLARINDO. Why do you prepare to embrace me?* (96)

[128] **¿Cuyo[...]?** Although *cuyo* now functions solely as a relative adjective, in the seventeenth century it could still serve as an interrogative word (Penny 147).

[129] As Rodríguez López-Vásquez notes, these verses do not appear in the *suelta* version and also appear in Claramonte's play *El gran rey de los desiertos* (See Ganelin (1985), 109).

CLARINDO	Del casamiento	
1620	que se ha de efectuar luego 'al momento. °	*at once*
SANCHO	*Abrázame, Clarindo,*[130]	
	que no he visto jamás hombre tan lindo.	
CLARINDO	*Tengo, señor, buen rostro*	
	con buenas nuevas, pero fuera un mostro [131]	**= monstruo**
1625	*si malas las trajera,*	
	que hermosea el placer de esta manera.[132]	
	No vi que hermoso fuese	
	hombre jamás que deuda ° me pidiese,	*debt, i.e. money*
	ni vi que feo hallase	
1630	*hombre jamás que deuda me pagase.*	
	¡Ay, los mortales deseos,	
	que hacéis hermosos los que espantan feos,	
	y feos los hermosos!	
SANCHO	*¡Ay renglones ° divinos y amorosos,*	*lines*
1635	*beberos quiero a besos*	
	para dejaros en el alma impresos, °	*imprinted*
	donde, pues os adoro,	
	más eternos seréis que plantas ° de oro!	*footprints*
	Abrázame, Clarindo,	
1640	*que no he visto jamás hombre tan lindo.*	
CLARINDO	*Soy como un alpargate.*[133]	
SANCHO	*Leeréle otra vez, aunque me mate*	
	la impensada alegría.	
	¿Quién tal estrella vio al nacer el día?	
1645	El hermoso lucero°	*light*
	del alba es para mí ya el sol. Espero	

---

[130] Verses 1621-42 represent a reelaboration of the *desglosada*. They do not appear in the *suelta*.

[131] This form of the word *monstruo* is a popular form no longer in use.

[132] **Tengo, señor,[...]** *I have, Lord, a good countenance with good news, but I should be a monster if I brought evil tidings, for pleasure beautifies in this manner.* (97)

[133] **Soy como[...]** *An old shoe like me!* (97). An *alpargata* refers literally to a canvas sandal.

           [con sus]¹³⁴ dorados rayos

           en abismos° de luz pintar los mayos.   abysses

           (Lee.)

           «Esposo, ya ha llegado

1650   el venturoso plazo° deseado.   day

           Mi hermano va a buscarte

           sólo por darme vida y por premiarte.

           Si del tiempo te acuerdas

           búscale luego, y la ocasión no pierdas.

1655   Tu Estrella.» —¡Ay, forma bella!

           ¿Qué bien no [he]¹³⁵ de alcanzar con tal Estrella?

             ¡Ay bulto °soberano,   being

             de este Pólux¹³⁶ divino soy hermano!

    [CLARINDO]¹³⁷   *¡Vivas eternidades*

1660   *siendo a tus pies momentos las edades!*

             ¡Si amares, en amores

             trueques °las esperanzas [y] favores!¹³⁸   change

             Y en batallas y ofensas

             siempre glorioso tus contrarios venzas,

1665   *y no salgas vencido,*

             que ésta la suerte más dichosa ha sido.

    [SANCHO]   Avisa al mayordomo°   steward

           de la dichosa sujeción° que tomo,   happy connection

           y que saque al momento

1670   las libreas° que están para este intento°   uniforms, purpose

           en casa reservadas,

           y saquen las cabezas coronadas

---

¹³⁴ *Desglosada y suelta: en los*

¹³⁵ *Desglosada: ha*

¹³⁶ See the footnote to v. 498 for a full discussion of Pollux and Castor.

¹³⁷ *Desglosada:* ---. Once again, through an editorial oversight, the *desglosada* attributes these verses to Sancho rather than Clarindo. Later, "Sancho" is missing in verse 1667 because he is already speaking due to the error in verse 1659.

¹³⁸ **¡Si amares,[...]** *If you love, in love may you change hopes for favors* (98). The *desglosada* reads: *esperanzas en favores.*

		mis lacayos° y pajes	servant
		de hermosas 'pesadumbres de plumajes.°	afflictions of
1675		Y si albricias codicias	feathers
		toma aqueste jacinto por albricias,	
		que el Sol también te diera	
		cuando° la piedra del anillo fuera.	= si
	CLARINDO	Vivas más que la piedra,	
1680		a tu esposa enlazado como hiedra;°	ivy
		y pues tanto te precio,°	I prize
		vivas, Señor, más años que no un necio.	
		(*Vase.*)	
	SANCHO	Buscar a Busto quiero,	
		que entre deseos y esperanzas muero.	
1685		*¡Cómo el amor porfía!*	
		¿Quién tal Estrella vio al [nacer] el día?[139]	
		Mas con el nudo° y gusto	knot
		me olvidaba del Rey, y no era justo.	
		Ya está el papel abierto.	
1690		Quiero saber quién ha de ser el muerto:	
		(*Lee.*)	
		«Al que muerte habéis de dar	
		es, Sancho, a Busto Tabera.»	
		¡Válgame Dios! ¡Que esto quiera!	
		¡Tras una suerte un azar!°[140]	disaster
1695		Toda esta vida es jugar	
		una carteta imperfecta,[141]	

---

[139] *Desglosada: amanecer.* Most editions replace *amanecer* with *nacer* in order to ensure that there are eleven syllables rather than the thirteen that appear in the *desglosada*.

[140] This realization marks a key component of classical Greek drama: *peripeteia* (or peripety). As Cuddon notes: "Peripety is a reversal of fortune, a fall. In drama, usually the sudden change of fortune from prosperity to ruin[…] " (700).

[141] Some editors correct this rhyme by using the popular form: *imperfeta. Carteta* was a popular card game in seventeenth-century Spain. In this metaphor, life is like a game of *carteta* with badly shuffled cards subject to misfortune and regret. *Cientos*

	mal barajada,° y sujeta	shuffled
	a desdichas y a pesares,°	regrets
	que es toda en cientos y azares	
1700	como juego de carteta.	
	Pintada la suerte vi,	
	mas luego se despintó,	
	y el naipe se barajó	
	para darme muerte a mí.[142]	
1705	Miraré si dice así…	
	Pero yo no [lo leyera][143]	
	si el papel no lo dijera.	
	Quiérole otra vez mirar.	
	(Lee.)	
	«Al que muerte habéis de dar	
1710	es, Sancho, a Busto Tabera.»	
	¡Perdido soy! ¿Qué he de hacer?	
	Que al Rey la palabra he dado	
	de matar a mi cuñado,	
	y a su hermana he de perder.	
1715	Sancho Ortiz, no puede ser.	
	Viva Busto. —Mas no es justo	
	que al honor contraste el gusto.[144]	
	Muera Busto, Busto muera.[145]	
	—Mas, detente,° mano fiera,	stop yourself
1720	Viva Busto, viva Busto.	

---

and *azares* (v. 1699) refer to possible results, i.e. hands, that a player may be dealt.

[142] **Pintada la suerte[…]** *I saw luck as a face-card, but then it disappeared, and a card was dealt to me, destined to deal death to me.* (100)

[143] *Desglosada: le leyere*

[144] Note how Sancho explicitly voices the direct conflict between honor and personal desire. Although in different ways, this conflict applies to both him and the king.

[145] The use of *chiasmus*, in which grammatical structures are inverted, is a common motif in emotionally-charged scenes. See the footnote to verse 614 for a more complete discussion of the device.

    —Mas no puedo con mi honor
cumplir, si a mi amor acudo.[146]
    —Mas, ¿quién resistirse pudo
de la fuerza del amor?

1725   —Morir me será mejor
o ausentarme, de manera
que sirva al Rey, y él° no muera.   i.e. *Busto Tabera*
    —Mas quiero al Rey agradar.°   to please
    (Lee.)
    «Al que muerte habéis de dar

1730   es, Sancho, a Busto Tabera.»
      ¡Oh, nunca yo me obligara
a ejecutar el rigor
del Rey, y nunca el amor
mis potencias contrastara!

1735   *¡Nunca yo a Estrella mirara,*
causa de tanto disgusto![147]
Si servir al Rey es justo,
Busto muera, Busto muera;
pero extraño rigor fuera:

1740   *viva Busto, viva Busto.*
      ¿Si le mata por Estrella
el Rey, que servilla trata?
    —Sí, por Estrella le mata.
Pues no muera aquí por ella.

1745   Ofendel[le][148] y defendella

---

[146] **--Mas no puedo[...]** *But I cannot fulfill the law of honor if I heed my love* [for Estrella]. (100)

[147] *¡Oh, nunca yo[...]* *O that I had never pledged myself to execute the cruel command of the King! And that never had Love mastered my heart and soul! That I had never seen Estrella, the cause of so great anguish!* (100-101). The use of the subjunctive in verses 1731 (*obligara*), 1734 (*contrastara*), and 1735 (*mirara*) is contrary to fact. In each case, he wishes that he had not done these things.

[148] *Desglosada y suelta: ofendella*

quiero.[149] —Mas soy caballero,
y no he de hacer lo que quiero,
sino lo que debo hacer.
Pues, ¿qué debo obedecer?
1750   —La ley que fuere primero.[150]
Mas no hay ley que a aquesto obligue.
        —Mas sí hay, que aunque injusto el Rey
debo obedecer su ley,
y a él despúes Dios le castigue.[151]
1755   Mi loco amor se mitigue,
que aunque me cueste disgusto,
acudir al Rey es justo:[152]
Busto muera, Busto muera,
pues ya no hay quien decir quiera
1760   «Viva Busto, viva Busto».
        —Perdóname, Estrella hermosa,
que no es pequeño [castigo][153]
perderte, y ser tu enemigo.
¿Qué he de hacer? [¿Puedo otra cosa?][154]

(*Sale BUSTO TABERA.*)

1765 BUSTO   Cuñado, 'suerte dichosa°   great luck

---

[149] **Ofendelle y[...]** *I wish to offend him and defend her.* (101)

[150] **--La ley[...]** *Whichever law may come first. Fuere* is another example of the now lost future subjunctive.

[151] This reference to God's role in punishing an injust king echoes the earlier reference to the divine origins of the monarch's power.

[152] **Mi loco amor[...]** *Let my mad love be restrained; for although it cost me distress, to obey the King is right.* (101)

[153] *Desglosada: castillo*

[154] **¿Qué he de hacer?[...]** Both this long monologue (vv. 1663-1744) and these rhetorical questions to which the public cannot respond reveal the moral dilemma that Sancho faces and foreshadow the resulting mental breakdown in the third *jornada. Desglosada: ¿Hacer no puedo?*

		he tenido en encontraros.[155]	
	SANCHO	(Aparte.)	
		Y yo desdicha en hallaros,	
		porque me buscáis aquí	
		para darme vida a mí,	
1770		pero yo para mataros.[156]	
	BUSTO	Ya, hermano, el plazo llegó	
		de vuestras dichosas bodas.	
	SANCHO	(Aparte.)	
		Más de mis desdichas todas	
		decirte pudiera yo.[157]	
1775		¡Válgame Dios! ¿Quién se vio	
		jamás en tanto pesar°?	trouble
		¿Que aquí tengo de matar	
		al que más bien he querido?	
		¿Que a su hermana haya perdido?	
1780		¿Que con todo he de acabar?[158]	
	BUSTO	*¿De esa suerte os suspendéis °*	you doubt
		cuando a mi hermana os ofrezco?	
	SANCHO	*Como yo no la merezco,*	
		callo.	
	BUSTO	*¿No merecéis?*	
1785		*¿Callando me respondéis?*	
		¿Qué dudáis, que estáis turbado,[159]	
		y con el rostro mudado °	changed

---

[155] This statement is replete with dramatic irony as the audience knows Sancho must kill Busto.

[156] Sancho's aside to the audience is marked rhetorically by the use of *chiasmus*: *darme vida, mí, yo, mataros.*

[157] The confusion and conflict that encompass Sancho are reflected in his distorted syntax (use of hyperbaton): "Más yo pudiera decirte de todas mis desdichas."

[158] **¿Que con todo[...]** *That I have to make an end of everything?* (102)

[159] Note the parallelism between Busto's uneasiness here and Sancho Ortiz's reaction to the King in the first *jornada.*

		miráis al suelo y al cielo?
		Decid, ¿qué pálido [hielo][160]
1790		de silencio os ha bañado?
		¿Por escrituras no estáis
		casado con doña Estrella?[161]
	SANCHO	Casarme quise con ella,
		mas ya no, aunque me la dais.
1795	BUSTO	¿Conocéisme? ¿Así me habláis?
	SANCHO	Por conoceros, aquí
		os hablo, Tabera, así.
	BUSTO	Si me conocéis Tabera,
		¿cómo habláis de esa manera?
1800	SANCHO	Hablo porque os conocí.
	BUSTO	Habréis en mí conocido
		sangre, nobleza y valor,
		y virtud, que es el honor,[162]
		que sin ella honor no ha habido.
1805		Y estoy, Sancho Ortiz, corrido.° ashamed
	SANCHO	Más lo estoy yo.
	BUSTO	¿Vos? ¿De qué?
	SANCHO	De hablaros.
	BUSTO	[Si en][163] mi honra y fe
		algún defecto advertís,
		como villano mentís
1810		y aquí os lo sustentaré. [164]
		(*Mete mano.*)
	SANCHO	¿Qué has de sustentar, villano?

---

[160] *Desglosada: cielo*

[161] The *comedia* questions again the value of written documents.

[162] Busto describes the traditionally accepted view of *honor* as personal virtue, whether publicly recognized or not. Other characters reveal a more divergent view of the concept and its importance.

[163] *Desglosada: Bien*

[164] **como villano[...]** *You lie like a villain, and here I will maintain it* (104), defend his honor.

(*Aparte.*)
Perdone Amor, que el exceso
del Rey me ha quitado el seso,
y es el resistirme en vano.[165]

1815 BUSTO   ¡Muerto soy! 'Detén la mano.°   hold your hand
SANCHO   ¡Ay, que estoy fuera de mí,
y 'sin sentido te herí!°   I wounded you with-
Mas aquí, hermano, te pido,   out cause
ya que he cobrado el sentido,
1820   que tú me mates [a mí].

Quede tu espada envainada
en mi pecho; abre con ella
puerta al alma. [166]
BUSTO   A doña Estrella,
os dejo, hermano, encargada.
Adiós. (*Muere.*)
1825 SANCHO   Rigurosa espada,
sangrienta y fiera homicida,
si me has quitado la vida
'acábame de matar,°   finish me off
porque le pueda pagar
1830   el alma por otra herida.

(*Salen los dos ALCALDES MAYORES, PEDRO DE GUZMÁN*
y FARFÁN DE RIBERA y otros caballeros.)

PEDRO   ¿Qué es esto? Detén la mano.
SANCHO   ¿Cómo, si a mi vida he muerto?°   killed
FARFÁN   ¿Hay tan grande desconcierto°?   confusion
PEDRO   ¿Qué es esto?

---

[165] **el exceso[...]** *the violence of the King has taken away my reason and resistance to me is in vain* (104)

[166] **Mas aquí,[...]** *Since I have recovered my senses, to kill me, let thy sword be sheathed in my heart, open with it the door to my soul* (105). In verse 1820, the *desglosada* reads *aquí* rather than *a mí*.

SANCHO	He muerto a mi hermano.	
1835	¿Soy un Caín sevillano	
	que, vengativo y cruel,	
	maté un inocente Abel:[167]	
	Veisle aquí; matadme aquí,	
	que pues él muere por mí	
1840	yo quiero morir por él.	
	(Sale ARIAS.)	
ARIAS	¿Qué es esto?	
SANCHO	Un fiero rigor;	
	que tanto en los nobles labra	
	una cumplida palabra	
	y un acrisolado honor.[168]	
1845	Decilde al Rey mi señor	
	que tienen los sevillanos	
	las palabras en las manos,	
	como lo veis, pues por ellas	
	atropellan las Estrellas	
1850	y no hacen caso de hermanos.[169]	
PEDRO	Dio muerte a Busto Tabera.	
ARIAS	¿Hay tan temerario° exceso?[170]	rash
SANCHO	Prendedme, llevadme preso,[171]	
	que es bien que el que mata muera.	
1855	¡Mirad qué hazaña tan fiera	

---

[167] Sancho's metaphor derives from the biblical story of Cain and Abel, recounted in Genesis. Cain commits the first murder when he kills his brother Abel without cause.

[168] **Un fiero rigor[...]** *Savage violence, for so much, among men, does a promise kept bring about, and unsullied honor.* (106-7)

[169] Note again how Sevillian identity and honor are predicated on the spoken word rather than written contracts.

[170] This rhetorical question is, of course, ironic. The King's dishonorable behavior is the ultimate excess and the reason for Sancho's murder.

[171] **Prendedme,[...]** *Arrest me, take me prisoner.* (107)

		me hizo el amor intentar,[172]
		pues me ha obligado a matar
		y me ha obligado a morir,
		pues por él° vengo a pedir
1860		la muerte que él me ha de dar!
	PEDRO	Llevalde a Triana[173] preso,
		porque la ciudad se altera.°
	SANCHO	¡Amigo Busto Tabera!
	FARFÁN	Este hombre ha perdido el seso.[174]
1865	SANCHO	Dejadme llevar 'en peso,°
		señores, el cuerpo helado
		en noble sangre bañado,
		que así su Atlante[175] seré,
		y entre tanto le daré
1870		la vida que le he quitado.
	PEDRO	Loco está.
	SANCHO	Yo, si atropello
		mi gusto, guardo la ley.
		Esto, señor, es ser Rey,
		y esto, señor, es no sello.
1875		Entendello y no entendello
		importa, pues yo lo callo.
		Yo lo maté. No hay negallo;
		mas el porqué no diré.
		Otro confiese el porqué

i.e. *love*

is troubled, stirred up

in its entirety

---

[172] Although both the *suelta* and the *desglosada* agree on *me hizo el amor intentar*, some critics, such as Thomas and Rodríguez López-Vásquez, have suggested that this is a mistake and substituted *honor*. Apart from a critic's individual artistic taste, there is insufficient textual or interpretive evidence to convincingly support such a claim.

[173] This is the area of Seville across the Guadalquivir from el arenal, inhabited by sailors, workers, and gypsies.

[174] **Este hombre[...]** *This man has lost his mind.* (107)

[175] Atlas is the Greek god who held up the sky just as Sancho will carry the burden of Busto's dead body.

1880   pues yo confieso el matallo.[176]

(Llévanlo y vanse. Salen ESTRELLA y TEODORA.)

	ESTRELLA	No sé si me vestí bien,	

ESTRELLA   No sé si me vestí bien,
             como me vestí de prisa.
             Dame, Teodora, el espejo.
TEODORA   Verte, señora, en ti misma
1885   puedes, que no hay cristal
             que tantas verdades diga,
             ni de hermosura tan grande
             haga verdadera cifra.°   report
ESTRELLA   Alterado° tengo el rostro   changed
1890   y la color encendida.[177]
TEODORA   Es, señora, que la sangre
             se ha asomado a las mejillas,
             entre temor y vergüenza
             sólo a celebrar tus dichas.[178]
1895 ESTRELLA   Ya me parece que llega,
             bañado el rostro de risa,
             mi esposo a darme la mano
             entre mil 'tiernas caricias.°   tender caresses
             Ya me parece que dice
1900   mil ternezas,° y que oídas,   sweet nothings
             sale el alma por los ojos
             [disimulando] sus niñas.[179]

---

[176] **Otro confiese[…]** *Let another confess the reason since I confess the murder* (108).
This is the end of the fifth *cuadro*. The action now shifts to another interior location
as news of the events reaches Estrella.

[177] *Color* is one of many nouns that has changed gender since the seventeenth
century. **Encendida** = kindled.

[178] **Es, señora,[…]** *It is, señora, because the blood has come in your cheeks between fear
and shame, only to celebrate your happiness.* (109)

[179] This is a reference to the *niñas* of the eyes, i.e. the pupils. *Desglosada:
desestimando.*

¡Ay, venturoso día!
Esta, Teodora, ha sido estrella mía.

1905 TEODORA Parece que suena gente.
[Cayó][180] el espejo. De envidia,
dentro la hoja,° el cristal   frame
de una luna° hizo infinitas.[181]   mirror

ESTRELLA ¿Quebróse?
TEODORA   Señora, sí.[182]

1910 ESTRELLA Bien hizo, porque imagina
que aguardo° el cristal, Teodora,   I depend on
en que mis ojos se miran.
Y pues tal espejo guardo,
quiébrese el espejo,[183] amiga;

1915 que no quiero que con él
éste de espejo me sirva.
(Sale CLARINDO, muy galán.)

CLARINDO Ya, señora, aquesto suena
a gusto y volatería;[184]
que las plumas del sombrero

1920 los casamientos publican.°   announce
¿No vengo galán? ¿No vengo
como Dios hizo una guinda, °   type of cherry
hecho un jarao °por de fuera,   field of red ever-
y por de dentro una pipa?[185]   greens

1925 A mi dueño di el papel,

---

[180] *Desglosada y suelta: Todo*

[181] **De envidia…** *just for spite! Within the frame the glass out of one piece made an infinite number.* (109-10)

[182] A broken mirror—and the bad luck it brings—symbolizes the tragic events that have begun to unfold.

[183] **quíebrese[…]** *Let the mirror be broken.* (110)

[184] **Ya aquesto suena,[…]** *Now that sounds, señora, cheerful and like a flock of birds.* (110)

[185] **¿No vengo como[…]** *Do I not come as God created a brandied cherry, made red on the outer side and on the inside a wine cask?* (110).

	y diome aquesta sortija	
	en albricias.[186]	
ESTRELLA	Pues yo quiero	
	feriarte aquesas albricias.[187]	
	Dámela, y toma por ella	
	este diamante.	

1930	CLARINDO	Partida°	split

está por medio la piedra.
Será de melancolía,
que los jacintos padecen
de ese mal, aunque le quitan.

1935 Partida por medio está.

ESTRELLA No importa que esté partida,
que es bien que las piedras sientan
mis contentos y alegrías.
　　　¡Ay, venturoso día!

1940 Ésta, amigos, ha sido estrella mía.

TEODORA	Gran tropel° suena en los patios.	crowd of people

CLARINDO Y ya el[188] escalera arriba
parece que sube gente.

ESTRELLA ¿Qué valor hay que resista
el placer?

*(Salen los dos ALCALDES MAYORES
con gente que trae el cadáver de BUSTO.)*

1945 ESTRELLA 　　　　Pero, ¿qué es esto?
　　PEDRO 　Los desastres y desdichas

---

[186] **A mi dueño[...]** *To my master I gave the note you sent and he gave me this ring in reward.* (111)

[187] **Pues yo[...]** *Well, I wish to buy (you) that reward.* (111)

[188] The use of the article *el*, instead of "la," is a vestige of pre-literary Spanish and reveals the development of the definite article *la* from Latin: ILLA > ela > la. This use of "el" before a feminine noun is now limited to words beginning in a stressed a-.

se hicieron para los hombres;
que es mar de llanto esta vida.
El señor Busto Tabera

1950   es muerto, *y sus plantas pisan*
ramos de estrellas, del cielo
lisonge[r]a argentería.[189]
El consuelo° que aquí os queda   consolation
es que está el fiero homicida,

1955   Sancho Ortiz de las Roelas,
preso,° y de él se hará justicia   prisoner
mañana sin falta.

ESTRELLA   *¡Ay Dios!*
Dejadme, gente enemiga;
que en vuestras lenguas traéis

1960   de los infiernos las iras.
¡Mi hermano es muerto y le ha muerto
Sancho Ortiz! ¿Y hay quien lo diga?
¿Y hay quién lo escuche y no muera?
Piedra soy, pues estoy viva.
… … … … …
… … … … …

1965   ¡Ay, riguroso día!
Ésta, amigos, ha sido estrella mía.
¿No hay cuchillos, no hay espadas,
no hay cordel, °no hay encendidas   rope (to hang herself)
brasas, °no hay áspides fieros,   red-hot coals

1970   *muertes de reinas egipcias?*[190]
Pero, si hay piedad° humana,   compassion
Matadme.

PEDRO   El dolor [le] priva,

---

[189] **El señor Busto[…]** *Señor Busto Tabera is dead, and his feet tread strings of stars, heaven's bright ornament* (112). The *desglosada* reads *lisonjea*.

[190] **no hay áspides[…]** *Are there no cruel snakes, death of Egyptian queens?* (113). This reference to the asp, a type of poisonous snake, that killed the Egyptian queen Cleopatra concludes the list of methods to commit suicide.

[y con razón].[191]

ESTRELLA ¡Desdichada
ha sido la estrella mía!

1975 ¡Mi hermano es muerto, y le ha muerto
Sancho Ortiz! [Hay][192] quien divida
tres almas de un corazón?[193]
Dejadme, que estoy perdida.

PEDRO Ella está desesperada.

FARFÁN ¡Infeliz [bel]dad![194]

1980 PEDRO Seguilda.

CLARINDO Señora...

ESTRELLA Déjame, ingrato,
sangre de [aquel fraticida].[195]
Y pues acabo con todo
quiero acabar con la vida.

1985 ¡Ay, riguroso día!
Ésta, Teodora, ha sido estrella mía.

---

[191] **El dolor[...]** *Grief has transported her and with reason* (113). The *desglosada*
reads *la priva, de sentimiento* revealing again its tendency towards *laísmo*.

[192] *Desglosada y suelta: de*

[193] **[Hay] quien[...]** [Is there anyone] *who parted three souls with one heart?* (113)

[194] *Desglosada y suelta: verdad*

[195] *Desglosada: aque fatrecida.* Fratricide refers to someone who kills a sibling.

Tercera Jornada

(Salen EL REY, los dos ALCALDES y ARIAS.)[1]

	PEDRO	Confiesa que le° mató,	i.e. *Busto*
		mas no confiesa por qué.	
	REY	¿No dice qué le obligó?	
1990	FARFÁN	Sólo responde: «No sé»,	
		y es° gran confusión.	= hay
	REY	[¿Y][2] no	
		dice si le dio ocasión?	
	PEDRO	Señor, de ninguna suerte.	
	ARIAS	Temeraria confusión.[3]	
1995	PEDRO	Dice que le dio la muerte,	
		no sabe si es con razón.	
	FARFÁN	Sólo confiesa matalle	
		porque matalle juró.	
	ARIAS	Ocasión debió de dalle.	
2000	PEDRO	Dice que no se la dio.	
	REY	Volved de mi parte a hablalle	
		[y][4] decilde que yo digo	
		que luego el descargo dé;[5]	
		y decid que soy su amigo,	
2005		y su enemigo seré	
		[...][6] en el rigor y castigo.	

---

[1] The action of this first *cuadro* begins in the *alcázar*.

[2] *Desglosada: un*

[3] Although both the *suelta* and the *desglosada* agree on *confusión*, some critics argue that this is an error and that the verse should read *Temeraria confesión*.

[4] *Desglosada: ---.*

[5] **Volved de mi[...]** *Go back and talk to him for me, and tell him that I say to give his defense immediately.* (118)

[6] *Desglosada: y*

Declare por qué ocasión
dio muerte a Busto Tabera,
y en sumaria información
2010 antes que de necio muera
dé del delito razón,[7]
 Diga quién se lo mandó
y por quién le dio la muerte,
o qué ocasión le movió
2015 [a] hacello[...],[8] que de esta suerte
oiré el descargo° yo.   defense
 O que a morir se aperciba.[9]

PEDRO Eso es lo que más desea.
 El sentimiento le priva,°   deprives
2020 viendo una hazaña tan fea,
tan avara y tan esquiva
 del juicio.[10]

REY   ¿No se queja
de ninguno?

FARFÁN   No, Señor:
con su pesar° se aconseja.   sorrow

2025 REY ¡Notable y raro valor!

FARFÁN Los 'cargos ajenos° deja,   charges against others
y [a sí] se culpa [no][11] más.

REY No se habrá visto en el mundo
tales dos hombres jamás.
2030 Cuando su valor confundo
me van apurando más.[12]

 Id y haced, alcaldes, luego

---

[7] **Declare por qué[...]** *Let him declare for what cause he slew Busto Tabera. And in the preliminary, rather than die like a fool, let him give the reason for the crime.* (118)

[8] *Desglosada: o hacellos*

[9] **O que a morir[...]** *Else, let him prepare to die.* (118)

[10] **una hazaña[...]** *a deed so hideous, so selfish, and so senseless, of judgment.* (118)

[11] *Desglosada: así se culpa lo*

[12] **Cuando su valor[...]** *When I try to confuse them, they go on confusing me.* (119)

		que haga la declaración	
		y habrá en la corte sosiego. °	peace
2035		*Id, vos, con esta ocasión,* °	crisis
		don Arias, a ese 'hombre ciego; °	i.e. *Sancho Ortiz*
		de mi parte° le decid	behalf

de mi parte° le decid

que diga [por][13] quién le dio

la muerte y le persuad[id][14]

2040 que declare, aunque sea yo

el culpado,[15] y prevenid,

si no confiesa, al momento

el teatro en que mañana

le dé a Sevilla escarmiento.°   example

ARIAS   Ya voy.

(Vanse los ALCALDES y ARIAS.
Sale DON MANUEL.)

2045 MANUEL   *La gallarda °hermana,*   good looking

con grande acompañamiento,

de Busto Tabera pide

para besaros las manos

licencia.

REY   ¿Quién [se][16] lo impide?

2050 MANUEL   Gran señor, los ciudadanos.

REY   Bien con la razón se mide.[17]

Dadme [una silla][18] y dejad

que entre ahora.

---

[13] *Desglosada y suelta: que*

[14] *Desglosada y suelta: persuadió*

[15] This is another example of dramatic irony as both the audience and the King know that he is, in fact, responsible for Busto's death.

[16] *Desglosada: ---*

[17] **Bien con[…]** *Well, they have good reason!* (120). Literally, "it is measured well with reason."

[18] *Desglosada: a Sevilla*

MANUEL	Voy por ella. *(Vase.)*	
REY	Vendrá vertiendo beldad,	

2055   como en el cielo la estrella[19]
          sale tras la tempestad.°   storm

(Salen DON MANUEL, ESTRELLA y gente.)

MANUEL   Ya está aquí.
REY   No por abril
          parece así su arrebol[20]
          el Sol gallardo y gentil,°   kind
2060   aunque por verano el Sol
          vierte rayos de marfi[l].[21]
ESTRELLA   Cristianísimo don Sancho,
          de Castilla Rey ilustre, [22]
          por las hazañas notable[...],[23]
2065   heroico por las virtudes,
          una desdichada Estrella
          que sus claros rayos cubre
          de este luto, que mi llanto
          lo ha sacado en negras nubes,[24]
2070   justicia a pedirte vengo,
          mas no que tú la ejecutes,
          sino que en mi arbitrio dejes

---

[19] **Vendrá[...]** *She will come shedding beauty[...]* (121). The King's description develops further the astronomical metaphor as Estrella is both the woman and the star in the sky.

[20] The *arrebol* refers both to the redness of the clouds when illuminated by the sun and the rosy colored glow of Estrella's face.

[21] *Desglosada: marfín*

[22] **Cristianísimo don[...]** Estrella's epithet is highly ironic as the King's behavior is far from Christian.

[23] *Desglosada: notables*

[24] **una desdichada[...]** *An unhappy Estrella who covers her bright rays with this mourning (for my weeping has changed them into black clouds).* (121)

que mi venganza se funde.[25]
Estrella de mayo fui,[26]
2075 *cuando más flores produce,*
y ahora, en extraño llanto
ya soy Estrella de octubre.
No doy lugar a mis ojos
que mis lágrimas enjuguen,
2080 porque anegándose en ellas
mi sentimiento no culpen. [27]
[Quise a][28] Tabera, mi hermano,
que sus sacras pesadumbres
ocupa pisando estrellas
2085 en pavimentos azules.[29]
Como hermano me amparó,°   helped
y como a [p]adre[30] le tuve
la obediencia, y el respeto
en sus mandamientos° puse.   orders
2090 Vivía con él […] content[a][31]
sin dejar que el Sol [me] injurie,[32]

---

[25] **justicia a pedirte[…]** *I come to beg you for justice; not that you shall exercise it, but that you will permit that my vengeance be accomplished in accordance with my wishes.* (121-2)

[26] This passage, unique to the *desglosada*, elaborates further the astrological metaphor.

[27] **No doy lugar[…]** *I do not give time to my eyes to wipe away my tears. So that drowned in them they do not blame my grief.* (122)

[28] *Desglosada: Quiso Tabera*

[29] **Quise a Tabera,[…]** *I loved Tabera, my brother, whose sacred shade is treading upon the starry pavement in the blue vault of heaven* (122). Dramatic tension and high emotion manifest themselves again in the use of hyperbaton: "Quise a Tabera, mi hermano, que ocupa sus sacras pesadumbres pisando estrellas en pavimentos azules."

[30] *Desglosada: madre*

[31] *Desglosada: a contento*

[32] *Desglosada y suelta: ---.* Editors generally have filled this textual *lacuna* by adding *me.*

que aun los rayos del Sol no eran
a mis ventanas comunes.
Nuestra hermandad° envidiaba   afftection
2095   Sevilla, y todos presumen°   consider
que éramos los dos hermanos°   i.e. *Gemini*
que a una estrella se reducen.
Un tirano cazador°   i.e. *Sagittarius*
hace que el arco ejecute
2100   el fiero golpe en mi hermano
y nuestras glorias confunde.[33]
Perdí hermano, perdí esposo,
sola he quedado, y no acudes
a la obligación de Rey
2105   sin que nadie te disculpe.
Hazme justicia, Señor,
dame el homicida, [cumple
con tu obligación en esto].[34]
Déjame que yo le° juzgue.   i.e. *Sancho Ortiz*
2110   *Entrégamele, ansí reines*
mil edades, ansí triunfes
de las lunas °que te ocupan   i..e. *Moors*
los términos andaluces,[35]
porque Sevilla te alabe °   may praise
2115   *sin que su gente te adule, °*   flattering you
en los bronces inmortales

---

[33] **Un tirano cazador[...]** *A cruel archer comes and causes his bow to inflict a dreadful wound on my brother, and lays low all our pride* (122). This astrological reference is to Sagittarius, the ninth sign of the zodiac. See de Armas (1980), among others, for a complete discussion of this astrological image.

[34] *Desglosada: porque en mis manos los excesos*

[35] **Entrégamele, así[...]** *Deliver him to me. So may you reign a thousand ages; so may you triumph over the Moorish crescent that holds your Andalusian borders.* (123) Estrella links her just appeal with the political and religious goals of the Reconquest that was an ongoing social, political and religious event in the thirteenth century where the *comedia* is set. As a result, Seville will honor and immortalize the King.

	que ya los tiempos te bruñen. °	polish you
REY	Sosegáos y enjugad las luces bellas°	i.e. *her eyes*
	si no queréis que se arda mi palacio,[36]	
2120	que [...][37] lágrimas del Sol son las estrellas,	
	si cada rayo suyo es un topacio;	
	recoja el alba su tesoro en ellas[38]	
	si el Sol recién nacido le da espacio	
	y dejad que los cielos las codicien,	
2125	que no es razón que aquí se desperdicien.°	be wasted
	Tomad esta sortija,° y en Triana	ring
	allanad el castillo con sus señas;[39]	
	pónganlo en vuestras manos, sed tirana	
	fiera con él de las [h]ircanas pe[ñ]as,°[40]	cliffs
2130	aunque a piedad, y compasión villana	
	nos enseñan volando las cigüeñas;°	storks
	que es bien que sean, porque más asombre,	
	aves y fieras confusión del hombre.[41]	
	Vuestro hermano murió; quien le dio muerte	
2135	*dicen que es Sancho Ortiz. Vengaos vos de ella,* °	i.e. **la muerte**
	y aunque él muriese así de aquesa suerte	
	vos la culpa tenéis por ser tan bella.[42]	

---

[36] **Sosegáos y enjugad[...]** *Be comforted; dry your beauteous eyes, unless you wish my palace to burn.* (123)

[37] *Desglosada y suelta: en*

[38] **si cada rayo[...]** *Since each ray is a topaz, let the dawn gather its treasure among them.* (123)

[39] **allanad[...]** *By its* (i.e. the ring's) *seal, win access to the castle.* (123)

[40] **Sed tirana[...]** The King urges Estrella to be like the Hyrcanian tiger (lit. beast = *fiera*) with Sancho Ortiz. The command is an example of hyperbaton to be disentangled: "Sed tirana fiera de las hircanas peñas con él." The *desglosada* reads *ircanas penas*.

[41] **que es bien[...]** *It is well to be kind, for the birds and beasts are surprised at the contradictions of men.* (123)

[42] **Vengaos vos[...]** *Take vengeance on him for it* (i.e. death). *Yet although he died in this fashion, yours is the fault because of your beauty* (123). By blaming Estrella's beauty for the death of her brother, the King has begun to reveal the truth of his

Si es la mujer el animal más fuerte,
mujer, Estrella, sois, y sois Estrella.[43]

2140   *Vos vencéis, que inclináis, y con venceros*
competencia tendréis con dos luceros.

ESTRELLA   *¿Qué ocasión [...]*[44] *dio, gran Señor, mi hermosura*
en la inocente muerte de mi hermano?
¿He dado yo la causa, por ventura,

2145   *o con deseo[...],*[45] *a propósito liviano?* °   lascivious plot
¿Ha visto alguno ° *en mi desenvoltura* °   anyone, gaiety
algún inútil pensamiento vano?

REY   *[Es]*[46] *ser hermosa, en la mujer, tan fuerte,*
que, sin dar ocasión, da al mundo muerte.[47]

2150   *Vos quedáis sin matar, porque en vos mata*
la parte que os dio el cielo, la belleza;
se ofende [...] consigo cuando, ingrata
[emulación con la naturaleza,]
no avarientas ° *las perlas ni la plata,*   you covet

2155   y un oro que hace un mar vuestra cabeza[48]

---

own role in the death of Busto. After all, it is his obsessive desire to possess Estrella that caused him to secretly enter her house by night.

[43] **Estrella, sois,[...]** The King's turn of phrase exemplifies another example of *chiasmus*.

[44] *Desglosada: os*

[45] *Desglosada: deseos*

[46] *Desglosada: El*

[47] **Es ser hermosa[...]** Some editors have attributed these two lines to Estrella. However, this exchange is characterized by Estrella asking questions rather than asserting her own answers to them.

[48] **[S]e ofende [...][...]** *It is offended with itself when—ungrateful rivalry with nature—you reserve for yourself, not silver, not miserable pearls, but treasure that makes you a sea of gold—and that is not fair* (124). Rodríguez López-Vásquez, perhaps unnecessarily, inserts *más*, while Martel and Alpern assert that the verb is *se ofenderá*. There are errors of versification and logic in the *desglosada*, indicating an error in the production of the edition, which reads: *se ofende mucho consigo cuando ingrata, / y emulación mortal naturaleza* (Foulché-Delbosc 619). For the passage *[y un] oro[...]* to make sense, editors have altered the verse in various ways. In the first

	para vos reservéis, que no es justicia.	
ESTRELLA	Aquí, señor, virtud es avaricia;°	greed, avarice
	que, si en mi plata hubiera y oro hubiera,	
	de mi cabeza luego le arrancara	
2160	y el rostro con fealdad oscureciera,	
	aunque en brasas ardientes le abrasara.[49]	
	Si un Tabera murió, quedó un Tabera,	
	y si su deshonor está en mi cara,	
	yo [la]°[50] pondré de suerte con mis manos	i.e. *the dishonor*
2165	que sea espanto° de bárbaros tiranos.	terror

(Vanse todos, menos EL REY.)

REY	Si a Sancho Ortiz le entregan, imagino	
	que con su misma mano ha de matalle.	
	¡Que [en][51] vaso tan perfecto y peregrino°	rare
	permite Dios que la fiereza° se halle!	ferocity
2170	Ved lo que intenta un necio desatino.[52]	
	Yo incité a Sancho Ortiz. Voy a libralle,	
	que amor, que pisa púrpura° de reyes,	purple
	a su gusto no más promulga leyes.[53] *(Vase.)*	

(Salen DON SANCHO, CLARINDO y músicos.)[54]

---

case, editors have added *un* (Martel and Alpern) or *o el* (Rodríguez López-Vásquez), in the second, *hace* (Martel and Alpern) or *hacen* (Rodríguez López-Vásquez).

[49] **si en mi plata[…]** *if in me were silver, in me gold, from my head straightway I would tear it and would deform my face with ugliness, even burn it with a glowing brazier.* (124)

[50] *Desglosada y suelta:* le

[51] *Desglosada:* un

[52] **Ved lo que[…]** *See what an unbridled fool proposes.* (125)

[53] **que amor,[…]** *For love which treads the purple of kings, at its pleasure only, declares laws.* (125)

[54] This is the end of the first *cuadro* of the third *jornada*, located in the *alcázar*. The action now shifts to the prison where Sancho is being held.

	SANCHO	¿Algunos versos, Clarindo,	
2175		no has escrito a mi suceso?°	unfortunate situation
	CLARINDO	¿Quién, señor, ha de escribir	
		teniendo° tan poco premio?	receiving
		A las fiestas de la plaza	
		muchos me pidieron versos,	
2180		y viéndome por las calles,	
		como si fuera maestro	
		de cortar o de coser[55]	
		me decían: «¿No está hecho	
		aquel reca[...]do?°[56]», y me daban	job
2185		más prisa que un [rompimiento].[57]	
		Y cuando escritas llevaba	
		las estancias, °*muy compuestos*°	stanzas, restrained
		decían: «Buenas están;	
		yo, Clarindo, lo agradezco.»	
2190		*Y sin pagarme la hechura* °	creation, job
		me envidiaban boquiseco. °	dry-mouthed
		No quiero escribir a nadie	
		ni ser ter[c]ero[58] °*de necios,*	go-between
		que los versos son cansados	
2195		*cuando no tienen provecho.* °	(financial) profit
		Tomen la pluma los cultos °	educated people
		después de cuarenta huevos	
		sorbidos, °*y versos pollos*	slurped
		saquen a luz de otros dueños,	
2200		*que yo por comer escribo*	

---

[55] **como si fuera[...]** *As if I were a tailor* (lit. master of cutting and sewing). (125)

[56] *Desglosada: recaudo*

[57] **rompimiento** This reference is subject to various interpretations. Most literally, it suggests a disagreement among people. However, it may also be a metatheatrical allusion to an arch-shaped hole that could be cut in theatrical scenery in order to see what is behind. The *desglosada* reads *corrimiento*.

[58] *Desglosada: terrero*

si escriben comidos ellos.[59]
Y si qué comer tuviera,
excediera en el silencio
a Anaxágoras, y burla

2205   de los latinos y griegos
ingenios hiciera.[60]

    (Salen los ALCALDES, DON PEDRO DE GUZMÁN
    y FARFÁN DE RIBERA con ARIAS.)

PEDRO	Entrad.
CLARINDO	Que vienen, señor, sospecho,
	estos a notificarte
	la sentencia.
SANCHO	Pues de presto.
	(A los músicos.)
2210	decid vosotros un tono.° tune
	Ahora sí que deseo
	morir, y quiero cantando
	dar muestras de mi contento.
	Fuera de que quiero dalles
2215	a entender mi heroico pecho
	y que aún la muerte no puede

---

[59] **Tomen la pluma[...]** *Let the highbrows take the pen after drinking forty eggs, and hatch out fledging verses borrowed from other masters; but I write in order to eat, whereas they write after eating* (126). Clarindo contrasts himself with educated people who, having eaten to their fill, give birth to *versos pollos* taken from other poets. Note the increasing role of money within the servant class. The primary motivation for Clarindo and Natilde is financial gain.

[60] **Y si qué comer[...]** *If I had any thing to eat, I would excel* [i.e. surpass] *Anaxagoras in silence, and would mock the genius of Latins and Greeks* (126). Clarindo's suggestions are an elaborate hyperbaton to be disentangled. Rendered in standard syntax: "Y si tuviera qué comer, excediera a Anaxágoras en el silencio [e] hiciera burla de los ingenios latinos y griegos." Anaxagoras, the Greek philosopher, was born around 500 B.C. and was accused of denying the existence of the gods.

	en él° obligarme a menos.[61]	i.e. **pecho**
CLARINDO	¡Notable gentilidad°!	nobility
	¿Qué más hiciera un tudesco,	
2220	llena el alma de lagañas	
	de pipotes de lo añejo	
	de Monturques, de Lucena,	
	santos y benditos pueblos?[62]	
MÚSICOS	(*Cantando.*)	
	«Si consiste en el vivir	
2225	mi triste y confusa suerte,	
	lo que se tarda la muerte,	
	eso se [a]larga[63] el morir.»	
CLARINDO	Gallardo mote [han cantado].[64]	
SANCHO	'A propósito [y discreto].°	appropriate and clever
MÚSICOS	(*Cantando.*)	
2230	« No hay vida como la muerte	
	para el que vive muriendo.»[65]	
PEDRO	¿Ahora es tiempo, señor,	

---

[61] **Fuera de que[...]** *And besides I wish to manifest to them my steadfastness and show that even death cannot compel me in the least.* (127)

[62] **¿Qué más hiciera[...]** *What more would a German do, his soul bleary-eyed from the casks of old wine of Monturques and Lucena, those holy and blessed towns?* (127). This two line reference to the towns of Monturques and Lucena is omitted from the *suelta* edition.

[63] *Desglosada: larga*

[64] **mote** In this case, *mote* refers to a short sentiment/saying expressed in song. It is also used more specifically to describe the verses traditionally sung to accompany the game of *estrechos* played by men and women on the night before Epiphany in January. The *desglosada* reads: CLARINDO. *Gallardo mote.* SANCHO. *Discreto / a propósito cantáis.*

[65] **«No hay vida[...]** *There is no life like death, to him that liveth, dying* (128). Functioning like the chorus of classical Greek drama, the musicians sing paradoxical truths such as this one that describes Sancho Ortiz's life. Beginning in the sixteenth century, paradox marked "an apparently self-contradictory (even absurd) statement which, on closer inspection, is found to contain a truth reconciling the conflicting opposites" (Cuddon 677).

de música?

(Vanse los MÚSICOS.)

SANCHO	Pues, ¿qué tiempo	
	de mayor descanso pueden	
2235	tener en su mal los presos?	
PEDRO	Cuando la muerte por horas	
	le amenaza, y por momentos	
	la sentencia está aguardando	
	del fulminado° proceso,⁶⁶	
2240	¿con música se entretiene?	
SANCHO	Soy cisne,° y la muerte espero	swan
	cantando.	
FARFÁN	Llegado ha el plazo.°	the time has come
SANCHO	Las manos y pies os beso	
	por las nuevas que me dais.	
2245	¡Dulce día! *Sólo tengo,*	
	amigos, esta sortija,	
	*pobre prisión de mis de[…]dos:*⁶⁷	
	repartilda,° que en albricias	divide it up
	os la doy, y mis contentos	
2250	*publicad con la canción*	
	que a mi propósito °han hecho.	behalf
MÚSICOS	*(Cantan.)*	
	« Si consiste en el vivir	
	mi triste y confusa suerte,	
	lo que se alarga° la muerte,	prolongs
2255	*eso se tarda el morir.»*	
SANCHO	*Pues si la muerte se alarga*	

---

⁶⁶ **y por momentos[…]** Another example of poetic hyperbaton to disentangle: "y la sentencia del fulminado proceso está aguardando por momentos." *Fulminar* literally means to strike dead. In this case, it is used poetically. **Proceso** = *court proceeding.*

⁶⁷ *Desglosada: deudos*

accept

lo que la vida entretengo, °
y está en la muerte la vida
con justicia la celebro.[68]

2260 PEDRO   Sancho Ortiz de las Roelas,
             vos, ¿confesáis que habéis muerto,
             a Busto Tabera?

    SANCHO   Sí,

             aquí 'a voces° lo confieso.   out loud

             Yo le di muerte, señores,
2265   *al más noble caballero*
             que trujo ° arnés, ciñó espada,   = trajo
             lanza empuñó, enlazó yelmo.[69]
             Las leyes del amistad,[70]
             guardadas con lazo eterno
2270   *rompí, cuando él me ofreció*
             sus estrellados luceros.

             Buscad bárbaros castigos,
             Inventad nuevos tormentos,
             porque en España se olviden
2275   de Fálaris y Majencio.[71]

    FARFÁN   Pues, sin daros ocasión
             ¿le [matasteis]?[72]

---

[68] **Pues si la muerte[...]** *Well, if Death is delayed, that which I accept as Life and is Life in Death, withal, I justly celebrate.* (129)

[69] **Yo le di muerte[...]** *[G]entlemen, I put to death the noblest caballero that ever bore arms, girded on sword, hurled lance, or laced helmet.* (129)

[70] **el amistad** Although *amistad* was a feminine word in seventeenth-century Spanish, as it is today, it used the masculine article *el* since it begins with the vowel "a."

[71] Phalaris and Maxentius are both well-known tyrants. Maxentius was emperor in Rome from 306-312 AD and drowned when the bridge onto which his army retreated collapsed under their weight. Phalaris became the tyrant of Agrigentum (in Sicily) from 570-554 BC. He roasted his victims to death inside a brazen bull under which a fire was set. Ironically, his first victim was allegedly Perillus—the bull's inventor.

[72] *Desglosada: matais*

SANCHO	Yo le he muerto.
	Esto confieso, y la causa,
	no la sé, y causa tengo,
2280	*y es de callaros la causa,*[73]
	pues tan callada la tengo,
	si hay alguno que lo sepa,
	dígalo, que yo no entiendo
	por qué murió. Sólo sé
2285	que le maté sin saberlo.[74]
PEDRO	Pues parece alevosía
	matarle sin causa.
SANCHO	Es cierto
	que la dio, pues que murió.
PEDRO	¿A quién la dio?
SANCHO	A quien me ha puesto
2290	en el estado en que estoy,
	que es en el último extremo.° end
PEDRO	¿Quién es?
SANCHO	No puedo decillo,
	porque me encargó° el secreto, entrusted
	que, como rey en las obras,
2295	he de serlo en el silencio.[75]
	Y para matarme a mí
	basta saber que le he muerto
	sin preguntarme el porqué.
ARIAS	Señor Sancho Ortiz, yo vengo
2300	aquí en nombre de su Alteza
	a pediros que a su ruego° request

---

[73] Rodríguez López-Vásquez excludes these as "versos incongruentes, probable interpolación" (251). One could argue, however, that their incongruous nature is symptomatic of Sancho´s mental and emotional state at this point in the *comedia*.

[74] Sancho confesses his guilt to the authorities but indicates that he does not know the reason for the killing.

[75] **como rey[...]** *like a king in deeds, I must be in silence* (131). Note the ironic and perhaps inadvertent reference to the King´s guilt.

confeséis quién es la causa
de este loco desconcierto;°   disorder
si lo hicist[e]is[76] por amigos,
2305   por mujeres o por deudos,
         o por algún poderoso
y grande° de aqueste reino;   grandee
y si tenéis de su mano
papel, resguardo o concierto
2310   escrito o firmado, al punto
lo manifestéis, haciendo
lo que debéis.[77]

SANCHO   Si lo hago,
no haré, señor, lo que debo.
Decilde a su Alteza, amigo,
2315   que cumplo lo que prometo;
[y][78] si él es don Sancho el Bravo,
yo ese mismo nombre [tengo].[79]
Decilde que bien pudiera
tener papel; mas me afrento
2320   de que papeles me pida
habiendo visto rompellos.[80]
Yo maté a Busto Tabera,
y aunque aquí librarme puedo,
no quiero, por entender
2325   que alguna palabra ofendo.
Rey soy en cumplir la mía
y lo prometido he hecho,
y quien promete, también

---

[76] *Desglosada: hicistis*

[77] **y si tenéis[...]** *and if you have from his hand, a paper, security, or contract, written or signed, that straightway you declare it, thus doing that which you ought.* (131)

[78] *Desglosada: que*

[79] *Desglosada: tomo*

[80] **Decilde que bien[...]** *Tell him that I could have had a paper, but I am offended that he should ask me for papers, having seen me tear them up.* (132)

            es razón haga lo mesmo.[81]

2330   Haga quien se obliga hablando,

            pues yo me he obligado haciendo,

            que si al callar llaman Sancho,[82]

            yo soy Sancho, y callar quiero.

            Esto a su Alteza decid,

2335   *y decilde que es mi intento*

            que conozca que en Sevilla

            también ser reyes sabemos.[83]

ARIAS   Si en vuestra boca tenéis

            el descargo, es desconcierto°   lack of prudence

            negarlo.

2340 SANCHO   Yo soy quien soy,

            y siendo quien soy, me venzo°   I restrain myself

            a mí mismo con callar,

            y a alguno que calla, afrento.

            Quien es quien es, haga obrando

2345   como quien es, y con esto,

            de aquesta suerte los dos

            como quien somos haremos.

ARIAS   Eso le diré a su Alteza.

PEDRO   Vos, Sancho Ortiz, habéis hecho

2350   un caso muy mal pensado

            y anduvist[e]is°[84] poco cuerdo.

FARFÁN   Al Cabildo de Sevilla

            habéis ofendido, y puesto

            a su rigor° vuestra vida   severity

---

[81] By confronting Arias in this way, Sancho challenges the King to be a man of his word just like Sancho himself.

[82] The use of *Sancho* introduces a play on words with *santo*.

[83] This passage reveals most clearly the *comedia*'s preoccupation with kingship and its connections to Lope de Vega's *Fuenteovejuna*. The city of Seville also knows about honor.

[84] *Desglosada: anduvistis*

2355	y en su [furor][85] vuestro cuello.° *(Vase.)*	neck
PEDRO	*Matast[e]is a un Regidor*[86]	
	sin culpa, al Cielo ofendiendo.	
	Sevilla castigará	
	tan locos atrevimientos. (Vase.)	
ARIAS	…………	
	…………	
2360	*Y al Rey, que es justo y es santo.*	
	(Aparte.)	
	¡Raro valor! ¡Bravo esfuerzo! *(Vase.)*	
CLARINDO	¿Es posible que consientas°	permit
	tantas injurias?°	slanderous allega-
SANCHO	Consiento[87]	tions
	que me castiguen los hombres	
2365	y que me confunda el Cielo.	
	Y ya, Clarindo, comienza,	
	¿no oyes un confuso estruendo°?	uproar
	Brama[n]°[88] los aires, armados	howl
	de relámpagos° y truenos.°	lightning, thunder
2370	Uno baja sobre mí	
	como culebra,° esparciendo°	snake, spreading
	círculos de fuego aprisa.°	quickly

---

[85] *Desglosada: rigor*

[86] Due to several missing lines, Rodríguez López-Vásquez seeks to reconstruct these verses as if there were no gaps. He renders the *desglosada* as follows: *DON PEDRO Matastis a un Regidor / sin culpa, al Cielo ofendiendo. / ARIAS Y al Rey, que es justo y es santo. (Aparte.) ¡Raro valor! ¡Bravo esfuerzo!* Our reading follows Foulché-Delbosc.

[87] **Consiento[...]** This scene in which Sancho Ortiz loses his mind, vv. 2363-2537, has been the subject of much debate related to its relevance to the plot and its possible expansion and interpolation. Aside from echoing the insanity of Shakespeare's Hamlet, this episode reminds the reader of Quevedo's *Sueños* (See Oleza). Heiple provides a thorough discussion of this episode.

[88] *Desglosada: bramar*

CLARINDO	Pienso que ha[s][89] perdido el seso. °	mind, *lit.* sense
	(*Aparte.*)	
	Quiero seguille el humor. °	mood
SANCHO	¡Que me abraso! °	I am on fire
2375 CLARINDO	¡Que me quemo!	
SANCHO	¿Cogióte el rayo también?[90]	
CLARINDO	¿No me ves cenizas° hecho?	ashes
SANCHO	¡Válgame Dios!	
CLARINDO	Sí, señor,	
	ceniza soy de sarmientos. °	grape vines
2380 SANCHO	*Dame una poca, ° Clarindo,[91]*	i.e. ash
	para que diga «Memento». °	reminder
CLARINDO	*Y a ti, ¿no te ha herido el rayo?*	
SANCHO	*¿No me ves, Clarindo, vue[lt]o[92]*	
	como la mujer de Lo[t],[93]	
	en piedra sal?	
2385 CLARINDO	*Quiero verlo.*	
SANCHO	*Tócame.*	
CLARINDO	*Duro y salado °*	salty
	estás.	
SANCHO	*¿No lo he de estar, necio,*	
	si soy 'piedra sal °aquí?	pillar of salt
CLARINDO	*Así te g[a]starás[94] menos;*	
2390	*mas si eres ya piedra sal,*	
	di: ¿cómo hablas?	

---

[89] *Desglosada: ha*

[90] **¿Cogióte[...]** *Did lightning strike you, too?* (135)

[91] These nineteen verses represent one of the more extensive passages that does not appear in the *suelta* version.

[92] *Desglosada: bueno*

[93] *Desglosada: Lo.* This is a biblical reference to chapter nineteen of Genesis in which God warns Lot to take his family out of the city of Sodom—renown for its sinful nature. As they are leaving, Lot's wife looks back at the city and her former life of pleasure and God punishes her by turning her into a pillar of salt.

[94] *Desglosada: gustarás*

SANCHO	*Porque tengo*	
	el alma ya encarcelada	
	en el infierno del cuerpo.	
	Y tú, si eres ya ceniza,	
	¿cómo hablas?	
2395 CLARINDO	*Soy un brasero,*	
	donde entre cenizas pardas	
	el alma es tizón cubierto.	
SANCHO	*¿Alma tizón tienes? Malo.*[95]	
CLARINDO	*Antes, señor, no es muy bueno.*	
2400 SANCHO	¿Ya estamos en la otra vida?[96]	
CLARINDO	Y pienso que en el infierno.	
SANCHO	¿En el infierno, Clarindo?	
	¿En qué lo ves?	
CLARINDO	En que veo,	
	señor, en aquel castillo	
2405	más de mil sastres° mintiendo.	tailors
SANCHO	Bien dices que en él estamos,	
	que la Soberbia está ardiendo	
	sobre esa torre, formada	
	de arrogantes y soberbios.	
2410	Allí veo a la Ambición	
	tragando° abismos de fuego.	swallowing
CLARINDO	Y más adelante está	
	una legión de cocheros.°	coachmen
SANCHO	[Si][97] andan coches por acá	
2415	destruirá[n][98] el infierno.	
	Pero si el infierno es,	

---

[95] **Soy un brasero[...]** *CLARINDO: I am a charcoal brazier, where, amid the brown ashes, my soul is a smothered brand. SANCHO: Your soul is a fire-brand? That's bad.* (136)

[96] In his altered mental state, Sancho apparently cannot differentiate life from death, or the earth from hell.

[97] *Desglosada:* Y

[98] *Desglosada: destruiráse*

		¿cómo escribanos no vemos?[99]	
	CLARINDO	No los quieren recibir	
		porque acá no inventen pleitos.[100]	
2420	SANCHO	Pues si en él pleitos no hay,	
		bueno es el Infierno.	
	CLARINDO	Bueno.	
	SANCHO	*¿Qué son aquéllos?[101]*	
	CLARINDO	*Tahures °*	gamblers
		sobre una mesa de fuego.	
	SANCHO	*Y aquéllos, [¿qué son?][102]*	
	CLARINDO	*[…][103]Demonios,*	
2425		*que los llevan, señor, presos.*	
	SANCHO	*No les basta ser demonios,*	
		sino soplones. ° ¿Qué es esto?	informers
	CLARINDO	*Voces de dos malcasados °*	ill-mated
		que se están pidiendo celos. °	are jealous of each other
2430	SANCHO	*Infierno es ése dos veces,*	
		acá y allá padeciendo;	
		bravo penar, °fuerte yugo, °	punishment, yoke
		lástima, por Dios, les tengo.	
		¿De qué te ríes?	
	CLARINDO	*De ver*	
2435		*a un espantado 'hacer gestos, °*	making faces
		señor, [a][104] aquellos demonios,	
		porque le han 'ajado el cuello °	battered the collar

---

[99] Sancho satirizes the increasing role of written documents by suggesting that the *escribanos* who make them certainly belong in Hell. According to Covarrubias, *escribanos* are "los que tienen oficio que gana de comer por la pluma, dichos escribientes y copistas, oficiales de escritorios" (495).

[100] **No los quieren[…]** *They refuse to receive them lest they stir up lawsuits.* (138)

[101] This section of the *comedia*, from verse 2422 to 2473, is the longest passage unique to the *desglosada*.

[102] *Desglosada:* ---

[103] *Desglosada: Son*

[104] *Desglosada:* ---

		y cortado las melenas. °	hair
	SANCHO	*Ese es notable tormento:* [...][105]	
		sentirálo mucho.	
2440	CLARINDO	*Allí*	
		la Necesidad, haciendo	
		cara de hereje, ° *da voces.*	heretic
	SANCHO	*Acá y allá padeciendo.*	
		¡Pobre mujer! Disculpados	
2445		*habían de estar sus yerros,*	
		porque la necesidad	
		tiene disculpa ° *en hacerlos,*	excuse
		y no te espantes, Clarindo.	
	CLARINDO	*¡Válgame Dios! Saber quiero*	
2450		*quién es aquél de la pluma.*[106]	
	SANCHO	*Aquél, Clarindo, es Homero*	
		aquél Virgilio, a quien Dido	
		la lengua le cortó, en premio	
		del testimonio y mentira	
2455		*que le levantó.*[107] *Aquel viejo*	
		es Horacio, aquél Lucano	
		y aquel Ovidio.	
	CLARINDO	*No veo*	
		señor, entre estos poetas	
		ninguno de nuestros tiempos	

---

[105] *Desglosada: que le están*

[106] Much like Don Quijote, Sancho Ortiz is mocked by Clarindo for his loss of sanity. In his response, Sancho claims to see such classical poets as Homer, Virgil, Horace, Lucan, and Ovid. As a possible aside, this statement could also be a pejorative allusion to the writer's own literary profession and even his intention to remain anonymous (See Burke "Writing," 236).

[107] **aquél Virgilio,[...]** Sancho refers to the angst that Dido—the goddess and first queen of Carthage (i.e. Tunisia)—might have felt for Virgil who depicts her as a tortured and disloyal figure in *The Aeneid*, in contrast to earlier literary representations.

2460	*no veo ahora ninguno*[108]
	de los sevillanos nuestros.[109]
SANCHO	*Si son los mismos demonios,*
	dime, ¿cómo puedes verlos?
	que allá en forma de poetas
2465	*andan dándonos tormentos.*
CLARINDO	*¿Demonios poetas son?*
	Por Dios, señor, que lo creo,
	que aquel demonio de allí,
	arrogante y corninegro, ° black-horned
2470	*a un poeta amigo mío*
	se parece; pero es lego, ° amateurish
	que los demonios son sabios.
	Mas éste será mostrenco. ° worthless
	Allí está el tirano Honor
2475	cargado de muchos necios
	que por la honra padecen.
SANCHO	Quiérome juntar con ellos.
	—Honor, un necio y honrado
	viene a ser criado vuestro
2480	por no exceder vuestras leyes.[110]
	—Mal, amigo, lo habéis hecho,
	porque el verdadero honor
	consiste ya en no tenerlo.[111]
	¿A mí me buscáis allá,

---

[108] Rodríguez López-Vásquez believes that these verses have been corrupted in the *desglosada* edition and may include interpolated material added after the original composition of the *comedia*. His "corrections" offer one alternative reading of the verses: ninguno de [aquestos] tiempos / [ni] veo ahora ninguno[...] (261).

[109] Even the *gracioso* Clarindo promotes the motif of Sevillian achievement whether in honor or literature.

[110] **--Honor, un necio[...]** *Honor, a fool and an honorable one, comes to be your servant, rather than transgress your laws.* (140-1)

[111] Sancho reveals his disillusionment with the decline of honor and its fragile nature (Bergmann "Acts," 231).

2485	y ha° mil siglos que estoy muerto?	= hace
	Dinero, amigo, buscad,	
	que el honor es el dinero.[112]	
	¿Qué hicist[e]is?[113] —Quise cumplir	
	una palabra. —[...][114] Riendo	
2490	me estoy: ¿palabras cumplís?	
	Parecéis[me][115] majadero,°	fool
	que es ya el no cumplir palabras	
	bizarría° en este tiempo.	a value, fashion
	—Prometí matar a un hombre	
2495	y le maté airado,° siendo	angry
	mi mayor amigo. —Malo.	

CLARINDO No es muy bueno.

SANCHO   No es muy bueno.

	—Metelde en un calabozo,°	dungeon
	y condénese por necio.	
2500	—Honor, su hermana perdí	
	y ya en su [ausencia][116] padezco.	
	—No importa.	

CLARINDO *(Aparte.)*   ¡Válgame Dios!

	Si más proseguir le dejo	
	ha de perder el juicio.	
2505	Inventar quiero un enredo.° *(Da voces.)*	deception

SANCHO   ¿Quién da voces? [¿Quién da voces?][117]

CLARINDO Da voces el Can° Cerbe[r]o,[118]   dog

---

[112] **Dinero, amigo,[...]** Sancho laments how Early Modern Spanish culture ascribes value to money (written contracts, etc.) rather than honor (a nobleman's spoken word). This is emblematic of the divergent views of honor that had developed since the end of the fifteenth century.

[113] *Desglosada: hizistis*

[114] *Desglosada: y*

[115] *Desglosada: de*

[116] *Desglosada y suelta: hacienda*

[117] *Desglosada: ---*

[118] *Desglosada: Cerbelo.* Cerberus is the three-headed dog from Greek mythology

	portero° de este palacio.	doorman
	—¿No me conocéis?	
SANCHO	Sospecho	
	que sí.	
CLARINDO	Y vos, ¿quién sois?	
2510 SANCHO	¿Yo?	
	Un honrado.	
CLARINDO	¿Y[…]¹¹⁹ acá dentro	
	estáis? Salid noramala.°	for heaven's sake
SANCHO	¿Qué decís?	
CLARINDO	Salid de presto,	
	que este lugar no es de honrado.	
2515	Asilde,° llevalde° preso	seize him, take him
	al otro mundo, a la cárcel	
	de Sevilla por el viento.	
	—¿Cómo? —Tapados° los ojos	covered
	para que 'vuele sin miedo.°	may fly without fear
2520	— Ya está tapado. — En sus hombros	
	[al punto]¹²⁰ el Diablo Cojuelo¹²¹	
	allá le ponga de un salto.°	leap
	—¿De un salto? Yo estoy contento.	
	—Camina, y lleva también	
2525	de la mano al compañero.	
	(*Da una vuelta y déjale.*)	
	—Ya estáis en el mundo, amigo,	

---

that guards the entrance to Hades. Clarindo's reference is consistent with Sancho's belief that they are in hell.

¹¹⁹ *Desglosada: ya*

¹²⁰ *Desglosada: luego*

¹²¹ The *diablo cojuelo*, literally the "lame devil," was known in medieval and early modern Spain through the tradition of the *auto sacramental* —an allegorical play with religious theme in one act —and the novel *El diablo cojuelo* (1641) by Luis Vélez de Guevara (1579-1644). This playful and mischievous figure allegedly tried the patience of the devil himself so much that he was thrown to Earth, hurting his leg in the process.

quedáos a Dios. —Con Dios quedo.

SANCHO   ¿Adiós dijo?

CLARINDO   Sí, señor, que
este demonio, primero
2530   que lo fuese, fue cristiano
y bautizado,° y gallego°   baptized, Galician
en Cal de Francos.[122]

SANCHO   Parece
que de un éxtasis° recuerdo.   ecstasy
¡Válgame Dios! ¡Ay, Estrella,
2535   qué desdichada la° tengo   i.e. **la vida**
sin vos! Mas si yo os perdí
este castigo merezco.

> *(Salen el ALCAIDE, °PEDRO DE CAUS*   jailer
> *y ESTRELLA con manto.[123])*

ESTRELLA   Luego [e]l preso me entregad.[124]

ALCAIDE   Aquí está, señora, el preso,
2540   y, como lo manda el Rey,
en vuestras manos le entrego.
Señor Sancho Ortiz, su Alteza
nos manda que le entreguemos
a esta señora.

ESTRELLA   Señor
venid conmigo.

2545 SANCHO   Agradezco°   I thank
la piedad, si es a matarme,
porque la muerte deseo.

---

[122] Cal de Francos is an actual street in Seville, further proof of the author's knowledge of the city and its importance in the *comedia* tradition.

[123] Note that when Estrella enters the scene, she has her face covered with a *manto*, or veil, in order to disguise her identity from the other characters.

[124] **Luego el preso[...]** *Give me the prisoner at once* (144). The *desglosada* reads *al preso*.

ESTRELLA	Dadme la mano y venid.	
CLARINDO	¿No parece encantamiento°?	spell, enchantment
ESTRELLA	Nadie nos siga.[125]	
2550 CLARINDO	Está bien.	
	¡Por Dios que andamos muy buenos!	
	Desde el infierno a Sevilla,	
	y de Sevilla al infierno.[126]	
	¡Plegue° a Dios que aquesta estrella	may it please
2555	se nos vuelva ya un lucero°! *(Vase.)*[127]	bright star
ESTRELLA	Ya os he puesto en libertad.	
	Idos, Sancho Ortiz, con Dios.	
	Y advertid que uso con vos	
	de clemencia° y de piedad.	mercy
2560	Idos con Dios, acabad.	
	Libre estáis. ¿Qué° os detenéis?	= ¿por qué?
	¿Qué miráis? ¿Qué os suspendéis?[128]	
	Tiempo pierde el que se tarda:	
	id, que el caballo os aguarda,	
2565	en que escaparos podéis.	
	Dineros tiene el criado	
	para el camino.	
SANCHO	Señora,	
	dadme esos pies.[129]	
ESTRELLA	Id, que ahora	
	no es tiempo.	
SANCHO	Voy 'con cuidado.°	anxious

---

[125] **Nadie nos siga.** *No one is to follow us* (144). This is an indirect command that would now be introduced by *que*.

[126] **Desde el infierno[...]** This play on words is yet another example of the popular poetic device *chiasmus*.

[127] As this *cuadro* ends, the action appears to shift to an exterior near the prison.

[128] **Libre estáis[...]** *You are free. Why do you stop? What are you looking at? Why hesitate?* (145)

[129] **Señora,[...]** *Lady, let me kiss your feet* (145). Note the irony that Sancho does not recognize that it is Estrella who frees him.

2570		Sepa° yo quién me ha librado,	may I know
		porque sepa agradecer	
		tal merced.°	mercy
	ESTRELLA	Una mujer	
		'vuestra aficionada° soy,	person fond of you
		que la libertad os doy	
2575		teniéndola en mi poder.	
		Id con Dios.	
	SANCHO	No he de pasar	
		de aquí si no me decís	
		quién sois o no os descubrís.°	reveal yourself
	ESTRELLA	No me da el tiempo lugar.	
2580	SANCHO	La vida os quiero pagar,	
		y la libertad también.	
		Yo he de conocer° a quien	= saber
		tanta obligación le debo,	
		para pagar lo que debo	
2585		reconociendo este bien.	
	ESTRELLA	Una mujer principal°	of importance
		soy, y si más lo pondero,°	consider
		la mujer que más os quiero,	
		y a quien vos queréis 'más mal.°	= peor
		Id con Dios.	
2590	SANCHO	No haré tal	
		si no os descubrís ahora.	
	ESTRELLA	Porque os vais. Yo soy. *(Descúbrese.)*	
	SANCHO	¡Señora!	
		¡Estrella del alma mía!	
	ESTRELLA	Estrella soy que te guía	
2595		de tu vida precursora.°[130]	previous
		Vete, que Amor atropella	

---

[130] **Estrella soy[...]** Note again how the astronomical metaphor leads to polysemy—multiple meanings. Estrella is both a "Star" (her name) and the "star" that guides Sancho.

la fuerza así del rigor,
que como te tengo amor
te soy favorable Estrella.[131]

2600   SANCHO   ¡Tú resplandeciente y bella
con el mayor enemigo!
¡Tú tanta piedad conmigo!
Trátame con más crueldad,
que aquí es rigor la piedad,
2605   porque es piedad el castigo.[132]
     Haz que la muerte me den;
no quieras, tan liberal,°   generous
con el bien hacerme mal,
cuando está en mi mal el bien.[133]
2610   ¡Darle libertad a quien
muerte a su hermano le dio![134]
No es justo que viva yo,
pues él padeció por mí,
que es bien que te pierda así
2615   quien tal amigo perdió
     En libertad, de esta suerte
me entrego a la muerte fiera,
porque si preso estuviera,°   = fuera
¿qué hacía en pedir la muerte?[135]
2620   ESTRELLA   Mi amor es más firme° y fuerte,   constant
y así la vida te doy.
  SANCHO   Pues yo a la muerte me voy
puesto que librarme quieres,
que, si haces como quien eres,

---

[131] **Vete, que Amor[...]** *Go, for love thus treads down the force of harsh cruelty, and since I have love for you, I am your favorable Star.* (147)

[132] Note how the *chiasmus* contributes to the dramatic tension.

[133] Note again the use of paradox in describing Sancho´s conflictive existence.

[134] **¡Darle libertad[...]** *To give liberty to him who gave death to your brother!* (148)

[135] **En libertad,[...]** *In liberty after this fashion I deliver myself to death; for if I were a prisoner, what use to ask for death?* (148)

2625		yo he de hacer como quien soy.
	ESTRELLA	¿Por qué mueres?
	SANCHO	Por vengarte.
	ESTRELLA	¿De qué?
	SANCHO	De mi alevosía.
	ESTRELLA	Es crueldad.
	SANCHO	Es valentía.°

bravery

	ESTRELLA	Ya no hay parte.°

place

	SANCHO	Amor es parte.°

cause

	ESTRELLA	Es ofenderme.
2630	SANCHO	Es amarte.
	ESTRELLA	¿[…]¹³⁶ Cómo me amas?
	SANCHO	Muriendo.
	ESTRELLA	Antes me ofendes.
	SANCHO	Viviendo.
	ESTRELLA	Óyeme.
	SANCHO	No hay qué decir.
	ESTRELLA	¿Dónde vas?
	SANCHO	Voy a morir,
2635		pues con la vida te ofendo.
	ESTRELLA	Vete y déjame.
	SANCHO	No es bien.
	ESTRELLA	Vive y líbrate.
	SANCHO	No es justo.
	ESTRELLA	¿Por quién mueres?
	SANCHO	Por mi gusto.
	ESTRELLA	Es crueldad.
	SANCHO	Honor también.
	ESTRELLA	¿Quién te acusa?
2640	SANCHO	Tu desdén.°

disdain

	ESTRELLA	No lo tengo.
	SANCHO	Piedra soy.
	ESTRELLA	¿'Estás en ti?°

are you in your right mind?

---

¹³⁶ *Desglosada:* Y

SANCHO	En mi [honra]¹³⁷ estoy,	
	y te ofendo con vivir.	
ESTRELLA	Pues vete, loco,° a morir,	lunatic
2645	que a morir también me voy.	

> *(Vanse cada uno por su puerta.*
> *Salen el REY y ARIAS.)¹³⁸*

REY	¡Que no quiere confesar¹³⁹	
	que yo mandé darle muerte!	
ARIAS	No he visto bronce¹⁴⁰ más fuerte;	
	todo su intento es negar.	
2650	Dijo al fin que él ha cumplido	
	su obligación, y que es bien	
	que cumpla la suya quien	
	le obligó con prometido.	
REY	Callando quiere vencerme.¹⁴¹	
2655 ARIAS	Y aun te tiene [por vencido]:¹⁴²	
	Él cumplió lo prometido.	
REY	En confusión vengo a verme	
	por no podelle cumplir	
	la palabra que enojado	

---

¹³⁷ *Desglosada:* ---. The *suelta* reads *honor*.

¹³⁸ This is the end of the third *cuadro*. The action in the final *cuadro* now shifts back to the *alcázar*.

¹³⁹ This scene begins *in medias res* —in the middle of the conversation between the King and Arias—concerning their attempt to get Sancho Ortiz to confess.

¹⁴⁰ The use of *bronce* is an example of synecdoche, a "figure of speech in which the part stands for the whole, and thus something else is understood within the thing mentioned" (Cuddon 945). *Bronce*, in this case, suggests that Sancho Ortiz is so determined in his honorable conduct that he is both as immovable as and worthy to be made into a bronze statue.

¹⁴¹ **y que es bien[...]** ARIAS: *[...] and it were well that he fulfill his [obligation], who had bound him by a promise. REY: He wants to conquer me by silence.* (152)

¹⁴² *Desglosada: convencido*

le di.

2660 ARIAS   Palabra que has dado
no se puede resistir,
    porque si debe cumplilla
un hombre ordinario, un Rey
la hace entre sus labios° ley,   mouth
2665 y a la ley todo se humilla.

REY   Es verdad cuando se mide°   compares
con la natural razón
la ley.[143]

ARIAS   Es obligación.
El vasallo no la pide
2670   al Rey; sólo ejecutar,
sin verlo y averiguallo
debe la ley el vasallo;[144]
y el Rey debe consultar.
    Tú esta vez la promulgaste°   proclaimed
2675 en un papel, y pues él
la ejecutó sin papel
a cumplil[la][145] te obligaste
    la ley que hiciste en mandalle
matar a Busto Tabera;
2680 que, si por tu ley no fuera,
él no viniera a matalle.

REY   Pues, ¿he de decir que yo
darle la muerte mandé,
y que tal crueldad usé
2685 con quien jamás me ofendió?

---

[143] As King Sancho approaches the point of accepting responsibility for his actions in vv. 2728-9, he begins to consider the role of the law and nature in determining what is right.

[144] **sólo ejecutar[...]** *[...] only obedience without seeing or verifying it, the vassal owes the law* (153). The essence of this hyperbaton is that without seeing or verifying the order, the vassal should carry out the King's law.

[145] *Desglosada: cumplille*

              El Cabildo de Sevilla,
              viendo que la causa fui,
              Arias, ¿qué dirá de mí?
              Y, ¿qué se dirá en Castilla?
2690   cuando don Alonso[146] en ella
              me está llamando tirano,
              y el Pontífice Romano
              con censuras me atropella?[147]
              La parte de mi sobrino
2695   vendrá a esforzar por ventura
              y su amparo° la asegura.   aid
              Falso mi intento imagino;
                 también si dejo morir
              a Sancho Ortiz, es bajeza.
              ¿Qué he de hacer?[148]
2700 ARIAS   Puede tu Alteza
              con halagos° persuadir   flattery
                 a los Alcaldes mayores,
              y pedilles con destierro°   exile
              castiguen su culpa y yerro
2705   atropellando rigores.
              Pague Sancho Ortiz: así
              vuelves, gran Señor, por él,
              y, ceñido de laurel,
              premiado queda de ti.[149]

---

[146] Don Alonso likely refers to King Sancho's nephew, Alfonso (1270/1-1334), whose father Fernando de la Cerda died prior to becoming king. As a result, his younger brother Sancho rebelled and usurped the throne.

[147] **El Cabildo de Sevilla,[…]** King Sancho reveals yet again that his preoccupation is not his own wrongdoing but how the nobles in Seville, his nephew don Alonso, his enemies in the Castilian nobility or the Pope will react (Burton 59).

[148] **Falso mi intento[…]** *I misrepresent my intentions, besides, if I permit the death of Sancho Ortiz; it is baseness. What shall I do?* (153-4).

[149] **Pague Sancho Ortiz:[…]** *Make amends to Sancho Ortiz; thus you do defend him, great lord. And he, crowned with laurel, is rewarded by you.* (154)

2710		Puedes hacerle, señor,
		general de una frontera.
	REY	Bien dices; pero si hubiera
		ejecutado el rigor
		con él doña Estrella ya,
2715		a quien mi anillo le di,
		¿cómo lo haremos aquí?
	ARIAS	Todo 'se remediará.°	will put itself right
		Yo en tu nombre iré a prendella°	to arrest (Estrella)
		por causa que te ha movido,
2720		y sin gente y sin ruido
		traeré al Alcázar a Estrella.
		Aquí la persuadirás
		a tu intento, y porque importe,°	may matter
		con un grande de la Corte
2725		casarla, Señor, podrás,
		que su virtud y nobleza
		merece un alto marido.
	REY	¡Cómo estoy arrepentido,°	repented
		don Arias, de mi flaqueza![150]
2730		Bien dice un sabio que aquél
		era sabio solamente
		que era en la ocasión prudente
		como en la ocasión cruel.[151]
		Ve luego a prender a Estrella,
2735		pues de tanta confusión
		me sacas con su prisión,
		que pienso casar con ella,
		para venirla a aplacar°	to appease
		un ricohombre° de Castilla,[152]	i.e. *a grandee*

---

[150] It is here at last that King Sancho actually regrets and repents of his misdeeds in the first *jornada*.

[151] **Bien dice un[...]** *Well did a Wise man say, that man only was wise who was on occasion prudent, and on occasion violent.* (155)

[152] **que pienso casar[...]** The sense of this hyperbaton is "pienso casar con ella

2740	y a poderla dar mi silla°	i.e. *throne*
	la pusiera en mi lugar,	
	que tal hermano y hermana	
	piden inmortalidad.	
ARIAS	La gente de esta ciudad	
2745	oscurece la romana.[153] *(Vase.)*	

(Sale el ALCAIDE.)

ALCAIDE	Déme los pies vuestra Alteza.	
REY	'Pedro de Caus,° ¿qué causa	i.e. el **alcaide**
	os trae a mis pies?	
ALCAIDE	Señor,	
	este anillo con sus armas,	
	¿no es de vuestra Alteza?	
2750 REY	Sí.	
	Éste es privilegio y salva	
	de cualquier crimen que hayáis	
	cometido.[154]	
ALCAIDE	Fue a Triana,	
	invicto señor, con él	
2755	una mujer muy tapada,°	veiled
	diciendo que vuestra Alteza	
	que le entregara mandaba	
	a Sancho Ortiz.[155] Consultéle	
	tu mandato con las guardas	

---

un ricohombre de Castilla para venirla a aplacar."

[153] Arias reminds the King that the city and citizens of Seville compare favorably with classical Rome because of their honor.

[154] **Éste es privilegio[...]** *It represents privilege and security from punishment of any crime you may have committed.* (156)

[155] **Fue a Triana[...]** The alcaide, Pedro de Caus, is prone to speaking in hyperbatons, a device, in this case, that may well have been used for its humorous effect. His point is that "una mujer muy tapada fue a Triana con él diciendo que vuestra Alteza mandaba que le entregara a Sancho Ortiz."

2760		y el anillo juntamente,

2760 y el anillo juntamente,
      y todos que le entregara
      me dijeron; dile luego,[156]
      pero, en muy poca distancia,
      Sancho Ortiz, dando mil voces,
2765 pide que las puertas abra
      del castillo, como loco.
      «No he de hacer lo que el Rey manda»
      —decía— y «Quiero morir,
      que es bien que muera quien mata».
2770 La entrada le resistí,
      pero, como voces tantas
      daba, fue abrirle fuerza.[157]
      Entró, donde alegre aguarda
      la muerte.

REY   No he visto gente
2775 más gentil ni más cristiana
      que la de esta ciudad: callen
      bronces, mármoles y estatuas.[158]

ALCAIDE La mujer dice, Señor,
      que la libertad le daba,
2780 y que él no quiso admitilla
      por saber que era la hermana
      de Busto Tabera, a quien
      dio la muerte.

---

[156] **Consultéle[...]** *I deliberated your command and the ring jointly with the guards; and they told me that I should hand him over. I gave him then to her[...]* (156). The essence of the hyperbaton is "Le consulté tu mandato y el anillo juntamente con las guardas y todos me dijeron que le entregara."

[157] **La entrada[...]** *I opposed his entrance, but as he kept calling so much, it was necessary to open to him.* (157)

[158] **No he visto[...]** In addition to accepting responsibility for his misdeeds, King Sancho also acknowledges the unsurpassed honor of the citizens of Seville that statues and monuments revere with their silence—the very attributes that he foolishly ignored and did not comprehend when he entered the city (vv. 65-66).

	REY	Más me espanta	
		lo que me decís ahora.	
2785		En sus grandezas agravian°	offend
		la misma naturaleza.[159]	
		Ella, cuando más ingrata	
		había de ser, le perdona,	
		le libra, y él, por pagarla°	= **pagarle**, i.e. *Estrella*
2790		el ánimo generoso	
		se volvió a morir. Si pasan	
		más adelante sus hechos,	
		darán vida a eternas planchas.°[160]	inscriptions
		Vos, Pedro de Caus, traedme	
2795		con gran secreto al Alcázar	
		a Sancho Ortiz en mi coche,	
		excusando estruendo y guardas.[161]	
	ALCAIDE	Voy a servirte. *(Vase.)*	

(Sale un CRIADO.)

	CRIADO	Aquí	
		ver a vuestra Alteza aguardan	
2800		sus dos 'Alcaldes Mayores.°	high justices
	REY	Decid que entren con sus varas.°	staffs of office

(Vase el CRIADO.)

Yo, si puedo, a Sancho Ortiz
he de cumplir la palabra,

---

[159] The King continues to acknowledge the natural law over his royal person.

[160] **Ella, cuando más[...]** Even as he recognizes the character of the city's residents, King Sancho fails again to understand their inherent goodness.

[161] **traedme con gran[...]** *bring to me, with great secrecy, to the Alcázar Sancho Ortiz in my coach. Omit noise and guards* (158). The essence of this hyperbaton is the command "traedme a Sancho Ortiz en mi coche con gran secreto al Alcázar, excusando estruendo y guardas."

sin que mi rigor se entienda.

(Salen los dos ALCALDES.)

2805 PEDRO Ya, gran Señor, sustanciada
la culpa, pide el proceso
la sentencia.[162]

REY   Sustanciadla°;   carry it out
sólo os pido que miréis,
pues sois padres de la patria,
2810 su justicia; y la clemencia
muchas veces la aventaja.°   surpasses
Regidor es de Sevilla
Sancho Ortiz, si es el que falta
Regidor; uno piedad
2815 pide, si el otro venganza.

FARFÁN Alcaldes mayores somos
de Sevilla, y hoy nos cargan°   lay
en nuestros hombros, Señor,
su honor y su confianza.
2820 Estas varas representan
a vuestra Alteza, y si tratan
mal vuestra planta divina,[163]
ofenden a vuestra estampa.°   whole person
Derechas° miran a Dios,   correctly
2825 y si 'se doblan° y bajan   are doubled
miran al hombre, y [del Cielo],[164]
en torciéndose° se apartan.   when distorted

REY No digo que las torzáis,

---

[162] **Ya, gran Señor,[...]** *Now, great lord, the guilt having been fully proved, the case asks for the sentence.* (158)

[163] **planta** Although it literally refers to a foot or the sole of a foot; in this case *planta* is a synecdoche—an example of the literary device metonymy in which a part comes to signify the whole.

[164] *Desglosada: a Dios*

		sino que equidad se haga	
		en la justicia.[165]	
2830	PEDRO	Señor,	
		la causa de nuestras causas	
		es vuestra Alteza: en su *fiat* °[166]	command
		penden° nuestras esperanzas.	hang
		Dalde la vida, y no muera,	
2835		pues nadie en los reyes manda.	
		Dios […] en los reyes, [y][167] Dios	
		de los Saúles traslada°	transfers
		en los humildes Davi[d]es[168]	
		las coronas soberanas.[169]	
2840	REY	Entrad y ved la sentencia	
		que da por disculpa, y salga	
		al suplicio Sancho Ortiz,	
		como las leyes lo tratan.	
2845		Vos, don Pedro de Guzmán,	
		escuchadme una palabra	
		aquí aparte.°	aside

(Vase FARFÁN.)

	PEDRO	Pues, ¿qué es

---

[165] **No digo que[…]** *I do not say that you shall distort them, but that fairness shall be maintained in justice.* (159)

[166] *fiat* This is the subjunctive of the Latin verb **facĕre** (to do, make) and literally means "let it be done." In this case, *fiat* refers to the King's command. As Burton suggests, don Pedro seems to suggest that the king is responsible of social disorder in Sevilla (60, 63).

[167] *Desglosada: manda, ---*

[168] *Desglosada: Davíes*

[169] **Dios de los Saúles[…]** Disentangled, this hyperbaton reads "Dios traslada las coronas soberanas de los Saúles en los humildes Davides." Saul and David are the first two kings of Israel. Saul faced a tragic ending, while David suffered for years and committed many sins, but still received God's favor.

	lo que vuestra Alteza manda?	
REY	Dando muerte a Sancho Ortiz,	
	don Pedro, no se restaura	
2850	la vida al muerto, y querría,	
	evitando la desgracia°	misfortune
	mayor, que le desterremos°	exile
	a Gibraltar o a Granada,	
	donde en mi servicio tenga	
2855	una muerte voluntaria.	
	¿Qué decís?	
PEDRO	Que soy don Pedro	
	de Guzmán, y a vuestras plantas	
	me tenéis. Vuestra es mi vida,	
	vuestra es mi hacienda y espada	
2860	*y así serviros prometo*	
	como el menor de mi casa.	
REY	Dadme esos brazos, don Pedro	
	de Guzmán, que no esperaba	
	yo [menos de un pecho° noble.][170]	heart
2865	Id con Dios: haced que salga	
	luego Farfán de Ribera.	
	(Aparte.)	
	Montes la lisonja allana.[171]	

(Vase DON PEDRO. Sale FARFÁN.)

FARFÁN	Aquí a [vuestros][172] pies estoy.
REY	Farfán de Ribera, estaba
2870	con pena de que muriera
	Sancho Ortiz, mas ya se trata
	de que en destierro se trueque

---

[170] *Desglosada: de tan gran Guzmán menos*
[171] **Montes la lisonja[...]** *Flattery moves mountains.* (161)
[172] *Desglosada: esos*

		la muerte, y será más larga,	
		porque será mientras viva.	
2875		Vuestro parecer° me falta	advice
		para que así se pronuncie.	
	FARFÁN	Cosa de más importancia	
		mande a Farfán de Ribera.	
		Vuestra Alteza, sin que en nada	
2880		repare,[173] que mi lealtad	
		en servirle 'no repara°	considers nothing
		en cosa alguna.	
	REY	[En][174] fin sois	
		Ribera° en quien vierte el alba	river bank
		flores de virtudes bellas	
2885		que os guarnecen° y acompañan.[175]	adorn
		Id con Dios.	

(Vase FARFÁN.)

		Bien negocié.°	managed
		Hoy de la muerte se escapa	
		Sancho Ortiz, y mi promesa,	
		sin que se entienda, se salva;	
2890		haré que por general	
		de alguna frontera vaya,	
		[con que le destierro y premio].[176]	

(Vuelven LOS ALCALDES.)

---

[173] **sin que en[...]** The sense of the hyperbaton is "sin que repare en nada," i.e. without thinking twice.

[174] *Desglosada:* Al

[175] **[En] fin sois[...]** The King employs a metaphor in which Farfán (de Ribera) is compared to a river bank in which beautiful and virtuous flowers bloom.

[176] **con que le destierro[...]** *and so I banish and reward him.* (163). The *desglosada* reads *y lo premio y lo destierro.*

	PEDRO	Ya está, gran Señor, firmada
		la sentencia, y que la vea
2895		vuestra Alteza sólo falta.
	REY	Habrá la sentencia sido
		como yo la deseaba
		de tan grandes caballeros.
	FARFÁN	Nuestra lealtad nos ensalza.[177]
	REY	*(Lee.)*
2900		«Fallamos° y pronunciamos we rule
		que le corten en la plaza
		la cabeza.» —¿Esta sentencia […][178]
		es la que traéis firmada?
		¿Ansí, villanos, cumplís
2905		a vuestro Rey la palabra?
		¡Vive Dios!
	FARFÁN	Lo prometido,
		con las vidas y las armas,
		cumplirá el menor de todos,
		como ves, como arrimada
2910		la vara teng[a][179]; con ella,
		por las potencias° humanas, powers
		por la tierra, y por el Cielo
		que ninguno de ellos haga
		cosa mal hecha o mal dicha.
2915	PEDRO	Como a vasallos nos manda;
		mas como Alcaldes mayores
		[no][180] pidas injustas causas,
		que aquello es estar sin [ellas],[181]
		y aquesto es estar con varas,
2920		y el Cabildo de Sevilla

---

[177] **Nuestra lealtad[…]** *Our loyalty binds us.* (163)

[178] *Desglosada: está sentenciada*

[179] **como arrimada[…]** *when the wand of office is laid aside* (164). *Desglosada: tengo*

[180] *Desglosada: ni*

[181] *Desglosada: varas*

	[es]¹⁸² quien es.	
REY	Bueno está. Basta,	
	que todos 'me avergonzáis.°	put me to shame

(Salen ARIAS y ESTRELLA.)

ARIAS	[Ya está aquí Estrella].	
REY	[...]¹⁸³ Don Arias,	
	¿Qué he de hacer? [¿Qué me aconsejas]¹⁸⁴	
2925	entre confusiones tantas?	
ARIAS	… … … …	
	… … … …	

(Salen el ALCAIDE, SANCHO ORTIZ
y CLARINDO.)

ALCAIDE	Ya Sancho Ortiz está aquí.	
SANCHO	Gran Señor, ¿por qué no acabas	
	con la muerte [...]¹⁸⁵ mis desdichas,°	miseries
	con tu rigor mis desgracias?	
2930	Yo maté a Busto Tabera;	
	mata[d]me,¹⁸⁶ muera quien mata.	
	Haz, Señor, misericordia,°	pity
	haciendo justicia.	

---

¹⁸² **Lo prometido, con las vidas[...]** Beginning in verse 2906, both Farfán and don Pedro seek to make the King understand that while they would follow his every command as vassals ("como arrimada la vara tenga"), they must fulfill the law as *alcaldes* of Seville. King Sancho fails to recognize that their allegiance to him as vassals is distinct from and secondary to their duty to the city of Sevilla. Note how Pedro embodies a modern unstable vision of subjectivity. He reminds the King that he can occupy more than one subject position. The *desglosada* incorrectly reads *ser*.

¹⁸³ *Desglosada: ARIAS. Estrella, Señor REY. Ay*

¹⁸⁴ *Desglosada: ---*

¹⁸⁵ *Desglosada: a*

¹⁸⁶ *Desglosada: mátame*

REY	Aguarda.	
	¿Quién te mandó darle muerte?	
SANCHO	Un papel.[187]	
REY	¿De quién?	
2935 SANCHO	Si hablara	

el papel, él lo dijera,
que es cosa evidente y clara;
mas los papeles rompidos°   = rotos
dan confusas las palabras.[188]
2940   [Sólo][189] sé que di la muerte
al hombre que más amaba
por haberlo prometido.
Mas aquí a tus pies aguarda
Estrella mi muerte heroica,
2945   y aun no es bastante venganza.

REY   Estrella, ya os he casado
con un grande de mi casa,
mozo, galán, y en Castilla
príncipe y señor de salva,
2950   y en premio de esto [os][190] pedimos,
con su perdón, vuestra gracia,
que no es justo que se niegue.[191]

ESTRELLA   Ya, Señor, [si]°[192] estoy casada,   since

---

[187] **Un papel.** Apart from being playfully elusive, Sancho's response underlines the transition from the concept of honor, imbedded in speech acts, to paper documents or contracts.

[188] **Si hablara[…]** Sancho seeks to embarrass the King into recognizing his responsibility and honoring his promise to Sancho in the first *jornada*. This action seeks to restore the established order and to help the King mature as monarch.

[189] *Desglosada: yo lo*

[190] *Desglosada: ---*

[191] **ya os he casado[…]** *I have betrothed you with a grandee of my house, a youth, gallant, a prince of Castile, and a Royal Steward. In return for this, we beg your favor with your pardon, for it is not just to refuse.* (166)

[192] *Desglosada: que*

		vaya libre Sancho Ortiz.[193]	
2955		No ejecutes mi venganza.	
	SANCHO	¿Al fin me das el perdón	
		porque su Alteza te casa?	
	ESTRELLA	Sí, por eso te perdono.	
	SANCHO	¿Y quedas ansí vengada	
		de mi agravio?°	offense
2960	ESTRELLA	Y satisfecha.	
	SANCHO	Pues porque tus esperanzas	
		'se logren,° la vida acepto,	may be realized
		aunque morir deseaba.	
	REY	Id con Dios.	
	FARFÁN	Mirad, Señor,	
2965		que así Sevilla se agravia	
		y debe morir.[194]	
	REY	*(a ARIAS.)* ¿Qué haré,	
		que me apuran y acobardan°	intimidate (me)
		esta gente?	
	ARIAS	Hablad.	
	REY	Sevilla,[195]	
		matadme a mí, que fui causa	
2970		de esta muerte. Yo mandé	
		matalle y aquesto basta	
		para su descargo.°	release
	SANCHO	[...][196] Sólo	

---

[193] **Ya, Señor,[...]** *Now, lord, since I am given in marriage, let Sancho Ortiz go free.* (166)

[194] Note again the importance of the city of Seville which appears as a personified character similar to Fuenteovejuna. The city becomes offended because of the King's unacceptable plans for "justice."

[195] The King continues the personification of Seville by confessing his guilt to the city as the play's ultimate source of honor and justice. His address employs apostrophe, the "figure of speech in which a thing, a place, an abstract quality, an idea[...] is addressed as if present and capable of understanding" (Cuddon 55).

[196] *Desglosada: Yo*

		ese descargo aguardaba
		mi honor, que el Rey me mandó
2975		matarle; que yo una hazaña
		tan fiera no cometiera
		si el Rey no me lo mandara.
	REY	Digo que es verdad.
	FARFÁN	Así
		Sevilla se desagravia,
2980		que pues mandast[e]is[197] matalle
		sin duda os daría causa.
	REY	Admirado me ha dejado
		la nobleza sevillana.
	SANCHO	Yo a cumplir salgo el destierro,
2985		cumpliéndome otra palabra° promise
		que me dist[e]is.[198]
	REY	Yo la ofrez[c]o.[199]
	SANCHO	Yo dije que aquella dama
		por mujer habías de darme
		que yo quisiera.[200]
	REY	Ansí pasa.
2990	SANCHO	Pues a doña Estrella pido,
		y aquí a su[s] divina[s] planta[s][201]
		el perdón de mis errores.
	ESTRELLA	Sancho Ortiz, yo estoy casada.
	SANCHO	¿Casada?
	ESTRELLA	Sí.
	SANCHO	¡Yo [estoy][202] muerto!

---

[197] *Desglosada: mandastis*

[198] *Desglosada: distis*

[199] *Desglosada: ofrezo*

[200] **Yo dije que[...]** *I said that that lady for wife you must give me whom I should choose* (169). With modern syntax, Sancho reminds the King: "Yo dije que habías de darme por mujer aquella dama [i.e. the lady] que yo quisiera."

[201] *Desglosada: su divina planta*

[202] *Desglosada: soy*

2995	REY	Estrella, ésta es mi palabra.
		Rey soy, y debo cumplilla,
		¿qué me respondéis?
	ESTRELLA	Que se haga
		vuestro gusto. Suya soy.
	SANCHO	Yo soy suyo.
	REY	¿Qué os falta?
	SANCHO	[La]²⁰³ conformidad.° consent
3000	ESTRELLA	Pues esa
		jamás podremos hallarla
		viviendo juntos.
	SANCHO	Lo mismo
		digo yo, y por esta causa
		[de la]²⁰⁴ palabra te absuelvo.° absolve
3005	ESTRELLA	Yo [te absuelvo]²⁰⁵ la palabra,
		que ver siempre al homicida
		de mi hermano en mesa y cama
		me ha de dar pena.
	SANCHO	Y a mí
		estar siempre con la hermana
3010		del que maté injustamente
		queriéndole como al alma.
	ESTRELLA	Pues, ¿libres quedamos?
	SANCHO	Sí.
	ESTRELLA	Pues adiós.
	SANCHO	Adiós.
	REY	Aguarda.
	ESTRELLA	Señor, no ha de ser mi esposo
3015		hombre que a mi hermano mata,
		aunque le quiero y adoro. *(Vase.)*
	SANCHO	Y yo, señor, por amarla

---

²⁰³ *Desglosada:* ---
²⁰⁴ *Desglosada: de esta*
²⁰⁵ *Desglosada: ansí de*

		no es justicia que lo sea. *(Vase.)*	
	REY	Brava° fe.	great
	ARIAS	Brava constancia.	
3020	CLARINDO	Más me parece locura.	
	REY	Toda esta gente me espanta.	
	PEDRO	Tiene esta gente Sevilla.[206]	
	[REY][207]	Casarla pienso, y casarla	
		como merece.[208]	
	CLARINDO	Y aquí	
3025		esta tragedia 'os consagra°	dedicate to you
		Cardenio,[209] dando a LA ESTRELLA	
		DE SEVILLA eterna fama,	
		cuyo prodigioso caso	
		inmortales bronces guardan.[210]	

FIN DE LA COMEDIA

---

[206] Don Pedro underlines yet again that such remarkable people define Sevilla.

[207] *Desglosada:* ---

[208] **Casarla pienso,...** Bergmann notes how the King's statement reinforces the transition towards mercantilism in the *comedia* (282).

[209] The *suelta* edition reads *Lope,* in contrast to *Cardenio* in the *desglosada.* This example of textual uncertainty is a central part of the debate over the *comedia's* authorship.

[210] **dando a *La Estrella*[...]** *[...] giving* La Estrella de Sevilla *eternal fame, whose remarkable story immortal bronzes keep in memory.* (172)

Spanish-English Glossary

This glossary contains all of the words that are glossed in the margins or translated in the footnotes at the bottom of the page. When a word appears more than once with the same meaning, it is only glossed the first time. However, when words appear more than once with a different meaning or usage, each meaning is glossed and appears after its glossary entry. It is important to remember that the meanings provided here are specific to the words' usage in *La Estrella de Sevilla* and do not preclude that the term had other meanings in the seventeenth century. By the same token, while these words may still exist today, their meaning may have shifted over the last four hundred years.

Nouns are given in the masculine singular as are adjectives, and verb forms are listed in their infinitive form followed by any relevant stem change. An asterisk * indicates a word whose existence is inferred from the *comedia* but may not appear in any dictionary.

A
abismo *(m.)* abyss
abonar to credit
abono *(m.)* guarantee
abrasar(se) to be on fire, to burn (yourself)
acción *(f.)* action, **naturales —es,** instincts
acobardar to intimidate
acompañamiento *(m.)* retinue
acostarse (o>ue) to go to bed
acreditar to do credit
acrisolado irreproachable, unsullied
actividad *(f.)* deeds
acudir to heed, to help, to turn to
adalid *(m.)* military leader, champion
adelantarse to go ahead

adelante further
ademán *(m.)* attitude
admirado amazed
admirar to (be) astonish(ed)
adorno *(m.)* decoration
adquirir (i>ie) to acquire
adular to flatter
advertir to realize, to know
afecto *(m.)* affection
aficionada *(f.)* person who is fond of something or someone
aficionado fond, keen
afligido worried
afrenta *(f.)* insult
afrentado insulted, outraged
afrentarse to be offended or insulted
agradar to please

agradecer to thank
agravio *(m.)* wrong, offense
agraviar to offend
aguardar to (a)wait, to depend on
ahorcado hanged
airado angry (past participle of
  "airar," to anger)
ajar to batter
ajeno against other people
ajustar to esteem
alabanza *(f.)* praise
alabar to praise
alabastro *(m.)* alabaster, a marble-like
  white rock
alarbe Moorish
alargar to prolong, to delay
alba *(f.)* dawn
alborotarse to rebel, *lit.* to get agitated
albricias *(f. plural)* congratulatory
  gifts, reward, good news
alcaide *(m.)* jailer
alcalde *(m.)* justice, i.e. judge
alevosía *(f.)* treachery
aliento *(m.)* breath, courage
allanar to gain access, to incite, to
  attain, to move, *lit.* to flatten
alma *(f.)* soul
almendro *(m.)* almond
almohaza *(f.)* instrument for cleaning
  horses
alpargate *(m.)* canvas sandal
alterado changed
alterar(se) to be troubled
alteza *(f.)* highness
alumbrar to illuminate
alzar to get up, rise
amante *(m/f.)* lover
amanecer to dawn, *(m.)* dawn
amenazar to threaten

amparar to help, to protect, to give
  refuge
amparo *(m.)* refuge, assistance, aid
anegarse to be drowned or flooded
anhelar to yearn for
anillo *(m.)* ring
ansia *(f.)* anxiety
antecámara *(f.)* ante-room
añejo old (wine)
apacible calm
aparato *(m.)* pomp
apartado moved away, remote
apartar to move away
aparte aside
apercibir(se) to get ready, to prepare
apetecer to crave
aplacar to appease, *lit.* to placate
aprieto *(m.)* arrest, *lit.* tight spot
aprisa quickly
apurar to upset, *(m.)* insistence
arbitrio *(m.)* wish, judgment
arder to burn
ardiente burning
arena *(f.)* dust, *lit.* sand
argentado silvery
argentería *(f.)* ornamentation
arnés *(m.)* arms
arracada *(f.)* hoop earring
arrancar to tear off
arrebol *(m.) lit.* red cloud, fig. the
  beautiful rosy color of a woman's
  face
arrepentido repented
arrimado laid aside
arrojar to throw
arroyuelo *(m.)* small brook
arrullo *(m.)* cooing
asiento *(m.)* seat
asir to hold, to seize

asistir to attend (to someone)
asomar to come out
asombrar(se) to be amazed
áspid (m.) asp, a type of snake
astr ólogo (m.) astrologer
atento (que) considering (that)
atrevido cheeky, insolent, daring
atropellar to trample
aumento (m.) promotion, lit. increase
aunque although
avarentar* (e>ie) to reserve, to covet
avaricia (f.) greed, avarice
avaro selfish, lit. avaricious
aventajar to surpass, to get ahead
aventurar(se) to risk (oneself)
avergonzado ashamed
avergonzar to put to shame
averiguado certain, established
averiguar to ascertain, to verify
ave (f.) bird
ay (m.) sigh
azar (m.) disaster
azófar (m.) brass
azucena (f.) white lily

B

bajeza (f.) baseness
barajar to shuffle (playing cards)
bárbaro barbarous
basilisco (m.) serpent or dragon, lit.
    basilisk
bastar to be enough
bastón (m.) rod or baton of office
batir to knock down
bautizado baptized
beldad (f.) beauty
bestia (f.) beast, — de portal ass (in
    the Nativity)
bienquisto well-loved

bizarría (f.) value, fashion
blando soft
blasón (m.) coat of arms
boquiseco dry-mouthed
borrar to obscure, lit. to erase
borrón (m.) imperfection
bramar to howl
brasa (f.) red-hot coal, brazier
brasero (m.) charcoal heater, lit.
    brazier
bravo great, courageous
brazo (m.) arm
brillar to outshine, to rival
brindar to offer
brioso spirited
bronce (m.) bronze sculpture
bruñir to polish
bulto (m.) bundle, being

C

caballero (m.) gentleman
caber to fit
cabildo (m.) city council
cad áver (m.) dead body
calabozo (m.) dungeon
calidad (f.) class, station
cámara (f.) chamber
cambray (m.) type of fine linen
    originally from France
camino (m.) street
can (m.) dog
cano white-haired
capricho (m.) whim
cárcel (f.) prison
cargar to lay
cargo (m.) charge
caricia (f.) caress
caridad (f.) duty, lit. charity
casamentero responsible for a

wedding
casar to betroth, to marry
caso *(m.)* affair, — **pensado**
deliberate, framed-up case
castigo *(m.)* punishment
cautela *(f.)* caution
cazador *(m.)* archer, lit. hunter
caza *(f.)* hunting
cédula *(f.)* document recognizing
legal obligation
celaje *(m.)* light in the sky
celos *(m. plural)* jealousy
celoso jealous
ceniza *(f.)* ash
censo *(m.)* pension
ceñir (e>i) to gird, to crown
cervelo *(m.)* face
cesáreo imperial
cielo *(m.)* heaven
cifra *(f.)* report
cigüeña *(f.)* stork
cisne *(m.)* swan
ciudadano *(m.)* citizen
clemencia *(f.)* mercy
clima *(m.)* climate
cobrar to gain, to regain, to earn
cochero *(m.)* coachman
coche *(m.)* coach
cocodrilo *(m.)* crocodile
codiciar to covet
codicioso desirous
coger to take
colegir (e>i) to realize
Colcos the ancient country of Colchis
cólera *(f.)* rage
colgado hanging
colgar (o>ue) to hang (as a form of
capital punishment)
cómplice *(m/f.)* accomplice, i.e. guilty

compuesto self-restrained
conce[p]to *(m.)* witty remarks,
opinion
concertar (e>ie) to fulfill, to
coordinate with
concha *(f.)* shell
concierto *(m.)* plan, contract,
agreement
confiar to trust
conforme (a) corresponding (to)
conformidad *(f.)* consent
confuse confused
conjurar to question, to conspire
consagrar to dedicate
consentir (e>ie) to consent to, to
permit
consigo with oneself
constancia *(f.)* constancy
consuelo *(m.)* consolation
consultar to seek advice, to deliberate
contrastar to conflict with, to oppose
convidar to invite
coraz ón *(m.)* heart
cordel *(m.)* rope
corninegro black-horned
corona *(f.)* crown
corrido embarrassed, ashamed
cortés polite
corte *(f.)* (royal) court
coser to sew
criado *(m.)* servant
crimen lesae *(n.)* treason
cristal *(f.)* crystal, glass
cubierto covered, smothered
cubrir(se) to cover (oneself), to smoth-
er
cuello *(m.)* collar, neck
cuerdo sensible, prudent
cuidado *(m.)* attention, worry

con / en cuidado anxious
culebra (f.) snake
culpa estrecha (f.) clear blame
culto (m.) educated person
cumplir to fulfill
cuñado (m.) brother-in-law

D
dádiva (f.) gift
daño (m.) injury
dar voces to shout
decoro (m.) respect, lit. decorum
degollar (o>ue) to cut the throat of
 someone
delito (m.) crime
demasía (f.) excess
derechas correctly
derecho correct, right
desacreditar to discredit
desatino (m.) blunder
desbocado runaway
descargo (m.) defense, release, answer, satisfaction
desconcierto (m.) disorder, confusion,
 lack of prudence
descortesía (f.) impoliteness
descortés impolite
descubrir(se) to reveal (oneself)
descuidado unaware
descuido (m.) carelessness
desdén (m.) disdain
desdicha (f.) misfortune, misery
desentendido ignorant
desenvoltura (f.) gaiety
desgracia (f.) misfortune
desmayo discouraged, fainting
desmerecer to be unworthy
despacio for a long time
desperdiciar to waste

despojo (m.) victim, plunder (from an
 enemy)
desterrar (e>ie) to exile
destierro (m.) exile
desventura (f.) misfortune
desviado away or diverted from
detenerse to hold on, to stop yourself
deuda (f.) debt, money
deudo (m.) relative, kinsman
diamante (m.) diamond
dichoso happy, great
dilatar to delay, to prolong
discreto clever
disculpado exonerated
disculpa (f.) excuse
disgusto (m.) displeasure
disimular to conceal
doblar to double
doncella (f.) maiden
dorado golden
dotar to give a dowry
ducado (m.) ducat (a unit of money)
dudar to doubt
dueño (m.) master
dulce eloquent, lit. sweet

E
ébano (m.) ebony (an exotic black
 tree)
echar to close
edad (f.) age
en efe[c]to in reality
egipcio Egyptian
ejecutar to carry out
ello (n.) it
embestir (e>i) to attack, to charge
embozar to disguise
empeño (m.) pledge, engagement
emprender to undertake

empresa *(f.)* enterprise
empuñar to hurl, to brandish
encantamiento *(m.)* spell,
  enchantment
encargar to entrust
encender (e>ie) to stir up
encendido kindled
encubierto disguised
encubrir(se) to conceal (oneself)
enfrenado unbridled
enfriar to chill
engendrar to create, to engender
engordar to increase, lit. to fatten
engrandecer to exalt
enjugar to wipe away, to dry
enlazado entwined
enlazar to lace
enredo *(m.)* deception
ensalzar to bind, to exalt
entender (e>ie) to correspond to
enternecido compassionately, lit.
  touched emotionally
enterrar (e>ie) to bury
entregar(se) to hand over, to deliver
  (oneself)
entretener (e>ie) to accept, to live
  with
enturbiar to darken
envainado sheathed
enviar to send
envidiar to envy
epiciclo *(m.)* small circle of planetary
  motion
equidad *(f.)* fairness
equ ívoco senseless
errante wandering
escaramuza *(f.)* skirmish
escarmiento *(m.)* example
esclava *(f.)* female slave

esconder to hide
escritura *(f.)* contract
escudero *(m.)* squire
espada *(f.)* sword
espantar to frighten
espanto *(m.)* terror
esparcir to spread
espejo *(m.)* mirror
esposo/a *(m/f.)* spouse—husband,
  wife
espuela *(f.)* spur
esquivo distant, lit. aloof
estampa *(f.)* whole person
estancia *(f.)* stanza (of poetry)
estar a pique de to be at risk of
estimar to regard, to value
estorbo *(m.)* hindrance
estrecho tight
estrellado starry, smashed
estribo *(m.)* side seat, lit. stirrup
estruendo *(m.)* uproar, noise
exceder to surpass, to transgress
excusado superfluous
éxtasis *(m.)* ecstasy
extra ñeza *(f.)* novelty
extremado wonderful
extremo *(m.)* end
en extreme extremely

F
fallar to find (Modern Spanish:
hallar), to rule
faltar to leave, lit. to be missing
fealdad *(f.)* ugliness
feriar to buy
fe *(f.)* faith
fiar to entrust
fiat command, *lit.* "let it be done"
  (Lat.)

fiereza *(f.)* ferocity
fiero fierce
figura *(f.)* person, lit. figure
fijo fixed
fingir to pretend
firmado sealed, assured
firmar to sign
firma *(f.)* signature
firmeza *(f.)* firmness
firme stable, constant
fraticida *(m.)* fratricide, someone who kills his brother or sister
frente *(f.)* forehead
frontera *(f.)* frontier
en fuego by fire
fuerza *(f.)* necessity, pressure, lit. force
fulminado deadly, lit. struck dead
fulminante explosive
fulminar to prove, lit. to strike dead
fundirse to be founded, to be accomplished
furor *(m.)* violent agitation

G

galán *(m.)* gallant, courageous young man
gallardo brave, gallant, good looking, beautiful
gallego *(m.)* Galician, i.e. someone from Galicia, in the northwest of Spain
gasto *(m.)* expenditure
gentilidad *(f.)* nobility
gentil kind
gesto *(m.)* face (i.e. facial expression)
giganteo gigantic
gorra *(f.)* hat
grana *(f.)* pomegranate seed, the red color (of the pomegranate)
grandeza *(f.)* grandeur
grande *(m.)* grandee (a person of high nobility)
grillo *(m.)* cricket
guardar to remember, to keep
de guarda on guard duty
guarnecer to adorn
guiar to guide, to drive
guinda *(f.)* morello, a type of cherry

H

haber de (+infinitive) must (+verb)
hacer de to be dressed (+color)
halago *(m.)* flattery
hallar to find
hazaña *(f.)* (heroic) deed
hechura *(f.)* creation, job
helado frozen
heredar to inherit
hereje *(m.)* heretic
herida *(f.)* wound
herir (e>ie) to wound
hermandad *(f.)* affection, lit. brotherhood
hermosear to beautify
hiedra *(f.)* ivy
hielo *(m.)* ice
hircano hyrcanian
hoja *(f.)* frame (of a mirror)
holanda *(f.)* type of fine linen originally from Holland
hombro *(m.)* shoulder
homicida *(m/f.)* murdere r
en hora mala for heaven's sake, lit. "in an evil hour"
huir to run away
humillar(se) to humble (oneself), to bow down, to reduce

humor *(m.)* (humorous) mood

I
igualar to equal
igual same
imagen *(f.)* image
impedir (e>i) to hinder
impensado unexpected
importar to matter
impreso imprinted
indicio *(m.)* sign, evidence
indigno unworthy
infamar to defame
infamia *(f.)* disgrace
infeli(ce) unfortunate
injuria *(f.)* slanderous allegation
insigne distinguished
intento *(m.)* purpose
inter és *(m.)* self-interest
invicto undefeated

J
jacinto *(m.)* hyacinth
jarao *(m.)* field of red evergreens
juicio *(m.)* reason
juntar(se) to join (together), to align
jurado *(m.)* supervisor
jurar to swear
justo just, right

L
labio *(m.)* lip, (plural: mouth)
labrar to build, to carve out
lacayo *(m.)* servant, lit. lackey, *(adj.)* servile
lagaña *(f.)* bleary-eyed, lit. secretion from the eyes, "legaña" (Modern Spanish)
lágrima *(f.)* tear

lascivo amorous
lazo *(m.)* bond
lecho *(m.)* bed
lego amateurish
leproso *(m.)* leper
letra *(f.)* handwriting
levantado exalted, elevated
levantar to rise, to stand up
leve slight
ley *(f.)* law
liberal generous
librar to free
librea *(f.)* uniform
licencia *(f.)* leave, permission
linaje *(m.)* family, lit. lineage
lince *(m.)* lynx
lindo handsome
línea *(f.)* ray (of sun)
lisonja *(f.)* flattery
lisonjero pleasing
liviano fickle, lascivious
llaneza *(f.)* simple fact, sincerity, confidence
llano clear, without obstacle
llanto *(m.)* grief, lit. crying
llave *(f.)* key
loba *(f.)* lock
loco crazy, *(m.)* lunatic
lograr to realize, to achieve
lucero *(m.)* eyes, light, bright star
luego immediately, now
lugar *(m.)* place
luto *(m.)* mourning

M
majadero *(m.)* fool
malcasado ill-mated
mancilla *(f.)* dishonor
mandamiento *(m.)* order

manto *(m.)* veil
maravedí *(m.)* unit of money
marco *(m.)* window, lit. frame
marfil *(m.)* ivory
marido *(m.)* husband
mármol *(m.)* marble
matizado many-hued or colored
mayordomo *(m.)* steward
mayor high, greater
medir (e>i) to measure, to compare
mejilla *(f.)* cheek
melena *(f.)* hair, lit. mane
memento *(m.)* reminder
memorial *(m.)* remembrance
memoria *(f.)* token
menor low
merced *(f.)* pleasure, favor, mercy
merecer to deserve
meter to put (i.e. to draw one's
    sword)
miedo *(m.)* fear
mirado thoughtful
misericordia *(f.)* pity
mísero miserable
modo *(m.)* way
al momento at once
morir to kill
moro *(m.)* moor, i.e. Muslim from
    Africa
mostrenco worthless
mote *(m.)* musical verses (specifically
    in the game of *estrechos*)
mozo *(m.)* youth
mudado changed
mudanza *(f.)* change
muleta *(f.)* female mule foal
murmurar to gossip

N
nácar *(m.)* mother-of-pearl
nacer to be born
naipe *(m.)* playing card
necio *(m./adj.)* fool, foolish
negociar to manage
negocio *(m.)* matter
nocivo harmful, noxious
noramala for heaven's sake, lit. *en
    hora mala*-- "in an evil hour"
notorio evident
nube *(f.)* cloud
nudo *(m.)* knot
nuevas *(f. plural)* news

O
obligarse to pledge oneself
obra *(f.)* deed
obrar to work
ocasión *(f.)* reason, crisis
ocio *(m.)* free time
orbe *(m.)* realm, lit. world
orador *(m.)* speaker
ordenar to arrange
oscuro dark

P
padecer (1st sing: *padezco*) to suffer
(from)
pagado satisfied, lit. paid
paja *(f.)* straw
paje *(m.)* page-boy, type of servant
pálido pale
pardo brown
parecer *(m.)* advice
parte *(f.)* place, cause, trait, behalf
partido split
partir to go, to leave
pavimento *(m.)* pavement

paz *(f.)* peace
pecho *(m.)* heart, lit. chest
peligro *(m.)* danger
penacho *(m.)* comb or crest (of a bird)
pena *(f.)* trouble
pender to hang
pendiente hanging
pendón *(m.)* banner
peña *(f.)* cliff
perder el seso to lose one's mind
peregrino rare, *(m.)* pilgrim
perezoso lazy
perla *(f.)* pearl
perturbar to disrupt
pesadumbre *(f.)* shade, affliction
pesar *(m.)* regret, sorrow, worry,
    trouble
peso *(m.)* weight
en peso in its entirety
piadoso kind
pico *(m.)* beak (of a bird)
piedad *(f.)* compassion, devotion
piedra *(f.)* pillar, stone
pipa *(f.)* (wine) cask
pipote *(m.)* (wine) cask
pisar to tread upon, to step on
placer (pres. subjunctive: *pleg-*) to
    please, *(m.)* pleasure
plancha *(f.)* inscription
planta *(f.)* foot, footprint
plata *(f.)* silver
plaza *(f.)* post
plazo *(m.)* time, deadline, day, lit.
    term
pleito *(m.)* lawsuit, legal case
plomo *(m.)* lead
plumaje *(m.)* feathers
pluma *(f.)* feather
poderoso powerful

poder *(m.)* power
porfiar to insist
porfía *(f.)* persistence
ponderar to consider
Pontífice Romano *(m.)* the Pope
portero *(m.)* doorman, lit. porter
posada *(f.)* house
potencia *(f.)* power
potestad *(f.)* power to govern
preciar to prize
precursor previous
premiar to reward
premiado rewarded
prender to capture, to arrest
preso *(m.)* prisoner
(de) presto quickly
presumir to consider
pretender to aspire
pretensi ón *(f.)* aim
prevenir(se) (e>ie) to prepare
    (oneself)
principal of importance
de prisa in haste
prisión perpetua *(f.)* life
    imprisonment
privanza *(f.)* favor
privar to deprive
proceso *(m.)* court proceeding
procurador *(m.)* lawyer
procurar to seek
prodigioso remarkable
profanar to desecrate
proferir to offer
prolijo excessive, irritating, tedious
promulgar to declare, to proclaim
propósito *(m.)* plot, behalf
a propósito appropriate
proseguir (e>i) to proceed, to go on,
    to continue

provecho *(m.)* profit, interest
publicar to announce
puesto que since
punta *(f.)* point
púrpuro purple

Q
quebrarse (e>ie) to break, to fail
quedar to be
quejarse to complain
quitar to take away, — **el seso** to make crazy

R
rabia *(f.)* rage
racimo *(m.)* cluster
rastro *(m.)* astray, trail or track (of an animal)
rayo *(m.)* lightning (bolt), rays (of sun)
razón *(f.)* reason, rightness, argument
recado *(m.)* message, job
recelar to suspect, to distrust
recelo *(m.)* mistrust
recibimiento *(m.)* welcome
recoger to gather, to tidy up
redimir to redeem, to save
referir to read, to relate, lit. to refer to
regalado curious
regidor *(m.)* member of the town council
regir (e>i) to control, rule
reino *(m.)* realm
reja *(f.)* grating (of a window)
relámpago *(m.)* lightning
remediar(se) to put (itself) right
remolco *(m.)* ocean path
renglón *(m.)* line (of prose)
renombre *(m.)* fame
renta *(f.)* income

reparar to consider, to take notice
repartir to divide up
reposar to rest
requebrar to woo
requiebro *(m.)* amorous encounter, lit. expressions of love
resguardo *(m.)* security, protection
resistir(se) to restrain (oneself)
resplandeciente radiant
resplandor *(m.)* splendor
restaurar to restore
resucitar to revive
retórica *(f.)* rhetoric
retórico *(m.)* rhetorician
ribera *(f.)* river bank
ricahembra *(f.)* grandee, *lit.* rich woman
ricohombre *(m.)* grandee, lit. rich man
riesgo *(m.)* defense, lit. risk
rigor *(m.)* cruelty, harsh behavior, severity
riguroso cruel
risco *(m.)* cliff
rompimiento *(m.)* disagreement, theatrical term for open drop scene
rocío *(m.)* dew
ronco raucous, hoarse
rostro *(m.)* countenance, lit. face
rubí *(m.)* ruby (colored)
ruego *(m.)* request
ruido *(m.)* noise

S
sagrado sacred
salado salty
sal *(f.)* salt
salto *(m.)* leap
salva *(f.)* security, **hacer la** — to ask permission

sarmiento *(m.)* grape vine
sastre *(m.)* tailor
seguir (e>i) to follow
sellado sealed
sellar to stamp
sembrar (e>ie) to sow, to plant
sentencia *(f.)* sentence, judgment
sentido *(m.)* cause, reason
señalar to appoint
seña *(f.)* seal, lit. sign, mark
señor de salva *(m.)* royal steward, food taster
seso *(m.)* mind, lit. sense
si since
soberano sovereign
soberbia *(f.)* pride, arrogance
sobornar to bribe
sobrar to be unnecessary
sobrino *(m.)* nephew
soldado *(m.)* soldier
soler (+**infinitive**) (o>ue) to usually (+verb)
solicitar to ask for
sonar to sound
son *(m.)* tune
soplón *(m.)* informer
sorbido slurped
sortija *(f.)* ring
sosegarse to be comforted
sosiego *(m.)* calm, peace
sospecha *(f.)* suspicion
suceder to happen
suceso *(m.)* unfortunate situation
suelo *(m.)* ground
suerte *(f.)* fashion
sujeción *(f.)* connection
sumario preliminary
suplicar to beg
suplicio *(m.)* harsh physical punishment
suspender(se) to doubt, to pause, to hesitate
suspension *(f.)* ecstasy
sustanciado proven
sustanciar to carry out, to process
sustentar to defend

T
tahúr *(m.)* gambler
tálamo *(m.)* bridal chamber
talar to ravage, to fell
tapado veiled, covered
taparse to cover oneself
tasar to appraise
temerario rash
tempestad *(f.)* storm
tenebroso dark
tener (e>ie) to control, to receive, to sheath, to have or hold
teñir to stain
tercero *(m.)* go-between
término *(m.)* border
terneza *(f.)* sweet nothing
tierno tender
tirano *(m.)* tyrant
tizón *(m.)* brand (with fire)
tocar to touch
tono *(m.)* tune
topacio *(m.)* topaz (a precious stone)
topar to stumble upon
torcer(se) (o>ue) to (get) distort(ed)
tormento *(m.)* torture
tortolilla *(f.)* turtledove
traer (preterite stem: *truj-*) to bear
tragar to swallow
trasladar to transfer
tras after
tratar to discuss, to seek

torcer (o>ue) to distort
tratado *(m/n.)* agreement
trocar (o>ue) to exchange, to change
trofeo prize, lit. trophy
tronco *(m.)* tree trunk
tropel *(m.)* crowd of people
trópico *(m.)* tropic
trueno *(m.)* thunder
tudesco *(m.)* German person
turbación *(f.)* confusion
turbado unsettled, confused
turbar(se) to be embarrassed
turno *(m.)* passing

V
valentía *(f.)* bravery
valeroso brave
vara *(f.)* staff/wand of office
vasallo *(m.)* vassal, a type of servant
vega *(f.)* lowlands
vencer(se) to conquer, to restrain (oneself)
venda *(f.)* bond, lit. bandage
venerar to revere, to hold in high esteem
venganza *(f.)* vengeance

vengar to avenge, to take vengeance
ventura *(f.)* fortune
venturoso fortunate
vergüenza *(f.)* shame
verter (e>ie) to shed, to spill forth
villano *(m.)* lowly and unworthy peasant, lit. villain
vivificar to give life
vocería *(f.)* shouting of voices
volar (o>ue) to fly
volver to turn
voz *(f.)* shout
a voces out loud, emphatically, lit. shouting
volatería *(f.)* flock of birds
vuelta *(f.)* change

Y
vulgo *(m.)* masses, commoners
yelmo *(m.)* helmet
yerro *(m.)* mistake, error
yugo *(m.)* yoke

Z
zafiro *(m.)* sapphire

·

Printed in the United States
218524BV00001B/4/P

9 781589 770508